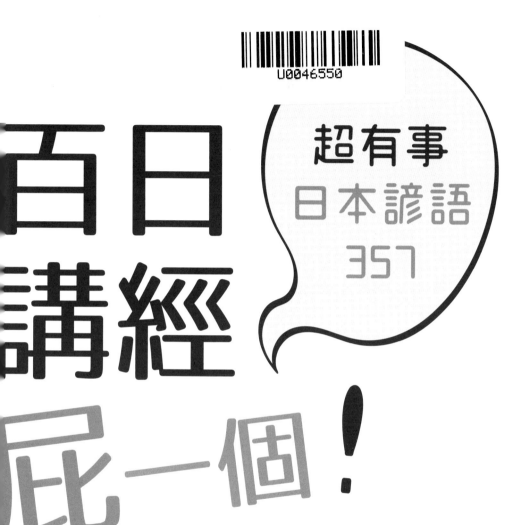

百日講經

超有事
日本諺語
357

屁一個！

奇怪又好笑，才令人印象深刻！

本書收錄了多達 350 句以上真實存在的「怪怪諺語」，是一本「諺語圖鑑」。在介紹每句諺語的同時，也會一併解說其中的教訓、相關冷知識以及類似的諺語。

諺語或許給人「過時」、「古板」、「死讀書」等等印象。不過能從古時候流傳至今，也被收錄在字典中，正是諺語能引起大家共鳴的證據。其中有些「怪怪的諺語」，會告訴我們這個世界的一個真理。那就是──

「越沒用的事情越有趣，越沒用的事情學起來越有益」

的這件事。

「怪怪諺語」考試不會考，工作上也不會用。

不過這些諺語都「莫名有道理」、「莫名好笑」、「莫名令人印象深刻」。

雖然是沒用的知識，不過聽起來就很有趣，學起來的話還能炒熱氣氛……應該啦！

若您能因為本書對「奇怪」、「沒用」的深刻意涵開始抱持興趣、了解日語的趣味的話，就是我的榮幸。

你們是
「水母在排隊」嗎！

翻到 P55

總覺得這次換我
「屁股來了」…

翻到 P82

「怪怪諺語」是這麼用的。

這會議真是
「蛞蝓去江戶」
啊…

翻到 P122

再怎麼說都是
「妹妹給敗家子
出意見」呢…

翻到 P110

目次

怎麼讀
從哪讀都是
「怪怪諺語」！

‧ 由於諺語反映各個時代當時的思維，所以可能
　會出現具歧視意義的字眼。

‧ 專欄中有些諺語並非用 50 音排列。

‧ 插圖為便於理解會省略細節，或是採用擬人化
　與變形的手法。

‧ 部分諺語的意思有多種解釋。

‧ 部分諺語並未收錄在最新的字典中。

‧ 本書省略人名敬稱。另外，有些介紹的名言為
　其人物在作品中的發言或台詞。

爸爸！
把那個木芥子
好好立起來！

二搖搖

嗯——沒辦法

挨拶より円札
招呼不如鈔票

意思 比起有禮的話語，金錢等有實際利益的東西更可貴。

　　這是明治時代之後誕生的諺語，這裡的「円札」（鈔票）指的是當時的1圓鈔票。「招呼」帶給人好感，「鈔票」帶給人利益。雖然成了大人後很多時候會真心覺得「招呼不如鈔票」，不過還是希望心中留有餘裕，同時重視「招呼與錢鈔」這兩者呢。

　　順帶一提還有「思し召しより米の飯」（心意不如米飯）這個同義詞，以及「米の飯より思し召し」（米飯不如心意）這個意思完全相反的諺語。（思し召し：好意、心意）

商いは牛の涎
あきな　　　うし　よだれ

做生意像牛口水

哞～賺錢了沒？

呀～！！

意思 做生意最重要的是細水長流，腳踏實地持續努力。

　　這個諺語用牛垂得長長的口水來表現做生意的訣竅。據說牛 1 天可產生 180L 左右的口水（人類約 1.5L）。牛的胃有 4 個，能將吃下去的草放在胃中發酵，然後倒流回口中與口水混合後再吞進去消化。這個行為稱為「反芻」。

　　興趣、讀書……不只是做生意，任何事情比起只是「做」更重要的是「持續地做」才能有成果。

呆れが礼に来る
錯愕來道謝

意思 錯愕得不得了。

　用來表現錯愕到「錯愕」都跑來道謝的程度，也常寫成「呆れがお礼」。據說江戶時代還有「呆れが宙返りする」（錯愕在翻筋斗）這種說法來形容錯愕至極。

　別人會生氣是因為覺得你「這個人還可以改變」的證明。如果對方不再生氣而是感到錯愕，那就表示對方覺得「這個人已經不可能改變了」也說不定……在「錯愕來道謝」之前，先檢討自己吧。

不可能

「做不到」、「絕對不行」、「不可能存在」……前人將「不可能」這個意涵用諺語形容得幽默風趣。

朝日が西から出る
太陽打西邊出來

石に花咲く
石上開花

　　另有「岩に花咲く」（岩石開花）、「枯れ木に花」（朽木開花）等同義詞。

鰯網で鯨捕る
沙丁魚網捕鯨

▶ 形容幾乎不可能的大豐收、抓住幸運。

　　也有「不可能」的意思。

不可能的喵

男猫が子を生む
公貓生子

　　另有「雄鳥が卵を産む」（公雞產卵）的同義詞。

水母の骨
水母的骨頭

▶ 形容不可能存在的東西或極為稀有的事情。

　　順帶一提，水母沒有骨頭。

好痛

豆腐で歯を痛める
吃豆腐弄痛牙

冷や飯から湯気が立つ
冷飯冒熱煙

鮑の片思い
鮑魚的單相思

只有我
單方面喜歡他嗎？

嗚嗚嗚

意思 只有自己愛著對方。

因為鮑魚的外形很像貝殼的其中一片，所以這個諺語用「單相思」的雙關來形容單戀。這種形容自古以來就有，除了《萬葉集》外松尾芭蕉的俳句也曾出現（鮑魚是夏天的季語）。

其實鮑魚並非一般有兩片殼的雙殼綱貝類，而是跟蠑螺一樣屬腹足綱的生物。作為夏天的當令食材有生吃、酒蒸、烤排等各式各樣的烹調方法。說不定你也會愛上鮑魚的新鮮美味，變成「對鮑魚單相思」喔？

あんころ餅で尻を叩かれる

屁股被餡衣餅打到

嗯?
感覺挺舒服的

丟

啪

意思 意料之外的幸運降臨身上。

　　將屁股被餡餅打到的狀況形容為「幸運」，這個諺語可說是相當獨特的。也有「牡丹餅で頬を叩かれるよう」（用牡丹餅打臉）的說法。

　　平常不努力只是朝下看，機會女神是不會發現你的。運氣好的人任何時候都是積極向前看的人。以《羅密歐與茱麗葉》聞名的英國大劇作家莎士比亞也曾留下這段話：「天助自助者。」

怒れる拳 笑顔に当たらず

怒拳不打笑臉

啊—

卡塔卡塔卡塔

打不了…

不小心推倒骨牌了

打不了
那張笑臉…

不對，果然還是很火大

意思 再怎麼生氣的人看到笑臉就打不下去。

　　另外還有「笑顔に当てる拳はない」（無拳打笑臉）、「尾を振る犬は叩かれず」（伸手不打搖尾狗）、「笑う顔に矢立たず」（笑臉不為矢的）等等說法。

　　當對方生氣時不要退縮或怒罵回去，以笑臉待之也不失為一個好方法。傻笑可能會使對方更生氣，不過純粹的笑容可以表示「我沒有敵意」。德蕾莎修女也曾留下這句話：「只要一個微笑就能變得幸福無比。」

息の臭きは主知らず

いき　くさ　　　ぬし　し

口臭己不知

我愛妳～ ♥

走開～ 💔

意思 自己的缺點自己不易察覺。

　　「他都不聽人講話」、「她只會找藉口」、「那個人有夠任性」……您是否曾在發現別人的缺點時，不直接向對方說而是對其他人抱怨呢？不過「發現別人的缺點」反過來說，也可能有「別人發現了自己的缺點」這種事。想要抱怨時先深呼吸，好好檢視自己是否也做了可能讓他人不滿的事情，這樣或許能稍微冷靜一點吧。

石地蔵に蜂
蜂螫石地藏

意思 什麼感覺都沒有。不痛不癢。

　　據說日本約有 5000 種蜂，其中最常見的是蜜蜂。蜜蜂螫人後隨即死亡，因為蜜蜂的內臟會隨著螫針被拉出體外（其他蜂類幾乎不會因為螫人而死）。順帶一提蜂毒中含有費洛蒙，會通知其他同伴敵人來襲，其他蜜蜂便能依此發現敵人展開攻擊。

　　另外還有「牛の角を蜂が刺す」（蜂叮牛角）等同義詞。

医者上手にかかり下手
良醫配傻病患

> 居然說我肥胖…
> 可以再量一次嗎?

意思 為了讓事情順利進行,相信對方非常重要。

　　就算是濟世名醫,如果病患不聽話也很難把病治好。這社會基本上都要求團隊整體的結果,以 10 人團隊來說就算自己出了 100 的力,可是其他人只有出 50 的話合計就只有 550。相反地,若自己只能出 50 的力,可是周遭能出 80 的力的話合計就有 770……相信身邊的人並善用對方的力量,最後就能變成「自己的利益」、「給自己的評價」回饋到自己身上。

醫生

醫生與人的生死密切相關，不過在諺語中常常被說得很過份呢……。

医者が取るか坊主が取るか
選醫生還是選和尚

▶ 徘徊在生死之間的重症病患。

另外還有醫療費或喪葬費等「生病與死很花錢」的意思。

医者と味噌は古いほどよい
醫生與味噌越老越好

▶ 有經驗的老醫生令人放心，熟成越久的味噌滋味越好。

「熟能生巧」與「熟成的味道」……這個諺語想表達的就是經年累月的事物更為珍貴。

医者の只今
醫生的馬上

▶ 不可靠的約定。

就算拜託醫生快點來探診，醫生也只會說「我現在就過去」，但總是遲遲等不到醫生。不過現代一般都是去醫院就醫，很少有人請醫生來家裡了吧。

葬式すんで医者話
喪後談醫

如果是更好的醫生…

沒錯沒錯

▶ 為時已晚的抱怨。

意思是喪禮都結束了才在講「當時給其他醫生看就好了」。也有「葬礼帰りの医者話」（葬禮歸途論醫生）「死んだ後の医者話」（死後談醫）等說法。與其抱怨後悔，好好反省、下次再改進才是進步的好方法呢。

鼬の最後っ屁
黃鼠狼最後的屁

意思 窮途末路時的最後手段。

　　就算說「最後的屁」，但可不是人類放屁那種生理現象。黃鼠狼（黃鼬）肛門附近有稱為「肛門腺」、大小與豆子差不多的囊。囊中儲存著褐色會發臭的液體，當遭到敵人攻擊時會隨著聲音將液體往外射然後逃跑。也就是說「最後的屁」其實是感到生命威脅時使用的「最終兵器」。

　　另外還有「將死之際醜態畢露」的意思。

一犬影に吠ゆれば
（いっけんかげほ）
百犬声に吠ゆ
（ひゃっけんこえほ）
一狗吠影百狗吠聲

汪
汪
汪
汪汪
汪！

意思 一個人說謠言，周遭人都當成事實傳出去。

　　一句不經意的話變成驚天動地的謠言傳出去，然後因此造成與某個人關係變得很差……不曉得事情真相的話，最好還是不要隨意說出口吧。覺得沒有可信度的事情也都最好聽聽就算，放出謠言的人可能只是在捕風捉影罷了。

　　此外還有「一人虚を伝うれば万人実を伝う」（いちにんきょ　つた　　　　ばんにんじつ　つた）（一人說虛萬人傳實）、「一鶏鳴けば万鶏歌う」（いっけいな　　　　ばんけいうた）（一雞鳴啼萬雞高歌）、「一匹の馬が狂えば千匹の馬が狂う」（いっぴき　うま　くる　　せんびき　うま　くる）（一馬發狂千馬同躁）等等同義詞。

芋の煮えたも御存じない
不知芋頭生熟

意思 不知世事、沒常識的人。

這句諺語意指「連芋頭煮熟了沒都不知道的少爺、小姐」。

即便是關係好的人，不知道一般常識的話也會被別人嫌棄，不知不覺間就被疏遠了。特別是出身良好的人更容易因為不知世事，而招致他人的嫉妒或欺負。還是盡量去了解大家都知道的事吧。

うかうか三十
きょろきょろ四十

三十吊兒郎當，四十東張西望

才30歲而已——
吊兒郎當

已經人生後半！

東張

西望

30代

40代

意思 **歲月飛梭，不知不覺就老了。**

另有「30歲過得悠閒，到了40歲才慌忙」的意思。

雖然小時候會覺得「大人很厲害」，真的長大後才常常發現自己不做正事整天玩樂、懶惰成性，或是做事半途而廢，一年一下子就過去了……結果自己與小時候根本沒什麼不同。在這個什麼事都能創造出來的世界，唯有「時間」是創造不來的。我們可沒有遊手好閒的時間呢。

浮世渡らば豆腐で渡れ
待人處事如豆腐

意思 帶著真心誠意與靈活柔軟的心順利走過
人生。

　　豆腐四四方方但是柔軟嫩彈……就像豆腐一樣，待人誠懇認
真同時也靈活柔軟，才是人生順利的近路。

　　在社會上不同狀況與場所的規矩或氣氛都大不相同，因此
「認真」與「和緩」的平衡是很重要的，偏向其中一方可能就會
被貼上「難相處的人」、「不正經的人」等標籤。日子過得開心
的人大多都是能同時善用兩種態度的人。

牛

說到「最親人的動物」常聯想到狗或貓，不過在諺語中牛也很常登場喔。

牛の小便と親の意見は長くても効かぬ

牛尿與父母說教都是長而無用

▶ 就算父母長時間說教，小孩子也不會聽。

牛的排尿時間長，但尿卻沒辦法當成肥料。另外據說牛 1 天能排出 10～15L 的尿。

遅牛も淀早牛も淀

慢牛也到淀，快牛也到淀

▶ 就算速度略有差異，只要結果相同就不用著急。

「淀」指的是京都市伏見區的一個地區，曾為集貨區而繁榮。這句諺語是「每隻牛的步伐有快有慢，不過最後到達的地方都是淀」的意思。

暗がりから牛

暗處的牛

▶ 無法辨認清楚。行動遲緩。

又說成「暗闇の牛」（黑暗中的牛）。

哇

蒔絵の重箱に牛の糞盛る

蒔繪美盒中盛著牛屎

▶ 金玉其外敗絮其中。

「蒔繪」是一種漆工裝飾。這句話是「美麗的容器中裝著無聊的東西」的意思。另外「糞」也可以唸成「くそ」。

雌牛に腹突かれる

被母牛撞肚子

▶ 因小看了對手而吃到苦頭。

若是認為「母牛比公牛溫順」，某天可能就遭到突擊，被打到要害而吃盡苦頭。

牛に乗って牛を尋ねる

騎牛覓牛

意思

想追尋的事物就在身邊，卻捨近求遠，盡做徒勞無功的事。

　　另外有「負うた子を三年探す」（背上孩子找三年）這句同義詞。想追尋的事物意外地就在眼前、不懂得珍惜父母⋯⋯生活中常有正因為太靠近而沒有發現的事物。正所謂「灯台下暗し」（燈台底下暗），離自己最近的事情反而最生疏啊。

23

牛に引かれて善光寺参り
被牛牽到善光寺參拜

哞!快點!

哇一!

意思 受到他人邀請或影響偶然走上那條道路。

　　據說這句諺語起源自某位老婆婆。從前有位老婆婆住在信濃國（今長野縣），某天隔壁鄰居的牛用牛角勾住曬著的布跑走，老婆婆只好急忙追上去，不知不覺間竟來到了善光寺，最後老婆婆便因為有緣成了虔誠的信徒。像這位老婆婆一樣，委身於偶然的相遇也是很重要的。突發事件會成為轉機還是惡運，說不定全靠自己的態度呢。

内閻魔の外恵比須
うち えん ま　　そと え び す
家裡閻王，外頭惠比須

意思 在家擺架子、脾氣差，在外面卻笑容常駐、待人和氣。

　　在公司內很跩在公司外卻低聲下氣……與其做這些事，了解「真正重要的人不在外而在內」才更彌足珍貴。

　　「閻王」是評判死者生前功過的地獄之王，「惠比須」則是七福神之一的商業之神（笑眯眯的臉也常被稱為「惠比須臉」）。

　　另外還有「内で蛤　外では蜆」（內為蛤，外為蜆）、「内弁慶の外地蔵」（在家一條龍，在外一條蟲）、「内広がりの外すぼり」（在家威風，在外縮頭）等意思類同的諺語。

蝦踊れども川を出でず
蝦跳不出河

意思 人各有命，人無法超越命運。

　　諺語的意思是指「不論蝦子怎麼跳都無法跳出河川」。

　　人長大後比起「想做的事」更會優先做「該做的事」，偶爾會對自己停滯在「剛剛好的位置」感到不滿。不過不要羨慕他人，重新審視自己的處境與擁有的事物，就有可能孕育出嶄新的幸福。在持續做下來的「該做的事」中，或許就能找出自己「想做的事」也不一定。

閻魔の色事
えん ま いろ ごと

閻王情事

意思 不適合、不相配。

　地獄之王「閻王」跟「戀愛」這兩件事似乎很難湊在一起，不過在日常生活中這種落差也挺有魅力的。著名格鬥家其實很怕鬼屋、平常總是呵呵傻笑的人能確實交出工作成果……像這種有巨大落差的人總是能抓住人心。

　或許同時了解到對方堅強與軟弱的部分，才會更受那人吸引也說不定。

落ち武者は薄の穂にも怖ず

芒穗嚇走落武者

意思 疑神疑鬼，對任何事物都感到恐懼。

　　諺語的意思是「敗逃的武士連芒穗都嚇得半死」。

　　「恐懼」、「難過」、「厭惡」……如果心中有這些情感，不管發生什麼事都覺得悲觀。護士南丁格爾曾留下這句話：「心中抱有恐懼便只能行微渺之事」……重要的不是「發生什麼」而是「態度如何」。只要抱著樂觀的心，很多問題就能迎刃而解。

鬼是日本自古以來最著名的「壞人代表」。
不過這裡介紹的鬼可不都是壞人喔。

鬼に瘤を取られる
給鬼摘瘤

▶ 因禍得福。

來自童話《摘瘤爺爺》。

鬼の念仏
鬼也念佛

▶ 殘忍的人裝出古道熱腸的樣子。貓哭耗子。

鬼居然還會唱誦佛號……想像一下就覺得不能信任呢。

鬼も頼めば人食わず
求鬼不食人

▶ 只要拜託對方「請你做」，對方就算想做也會裝模作樣地拒絕。

意思指親自拜託食人鬼說「請你吃了我」鬼就不會吃你。另外還有「再怎麼冷漠的人只要認真拜託就會聽從請求」的意思。如果打從心底拜託殘忍吃人的鬼「不要吃我」就能使對方放棄……這種說法似乎比較好理解呢。

鬼も角折る
鬼亦折角

▶ 惡人洗心革面成了善人。

知らぬ仏より馴染みの鬼
不認識的佛不如熟識的鬼

▶ 遠親不如近鄰，比起不認識的親切善人不如拜託周遭的人。

雖然很想吐槽什麼叫「熟識的鬼」，不過意思是指比起根本不認識的佛祖，熟識的鬼更能提供你幫助。

お前百まで わしゃ九十九まで

你活百歲，我活九九

別比我先走了

意思 夫妻間「一起活得長長久久」的情意。

　　此句之後還有一句「共に白髪の生えるまで」（直至同生白髮時）。順帶一提，一般認為「你」指的是丈夫，「我」則指的是妻子。

　　日本人的平均壽命為男性 81 歲、女性 87 歲；1970 年代時男性為 69 歲、女性為 75 歲。在這 50 年間不論男女都延長了 10 歲以上的壽命。在一起的時間更長，或許夫妻關係是否融洽會更加影響人生是否快樂呢。

海賊が山賊の罪をあげる
海賊提山賊的罪

意思 龜笑鱉無尾。不檢討自己的過失，只責備對方的缺點。

　　這邊的「提罪」指的就是責備對方。另有「五十歩百歩」（五十步笑百步）、「目糞鼻糞を笑う」（眼屎笑鼻屎髒）等同義詞。

　　「可是他○○」、「他也○○」這種話只會把談話氣氛弄得更糟。美國實業家卡內基曾說過「人生應見他人短處而憂，見他人長處而喜」……比起彼此扯後腿的對話，能讓彼此提升的對話更為有益。

蛙におんばこ
青蛙敷車前草

意思 藥效奇佳。

　　這個諺語源自「用車前草的葉子蓋住青蛙，青蛙就會復活」這個迷信。

　　青蛙在水中產卵，孵出來的蝌蚪用鰓呼吸。成長後生出四肢、尾巴縮短，鰓也隨之退化，最後成為青蛙爬上陸地。順帶一提只有雄蛙會叫。雨蛙或蟾蜍等會使用稱為「鳴囊」的器官儲存空氣或發出聲響，不用開口也能鳴叫。

蛙は口から呑まる
蛇吞鳴蛙

意思 禍從口出，話多容易引禍上身。

　意思是「呱呱叫出聲的青蛙才會被蛇發現並吃掉」。

　有時候心情焦躁，不小心就會把不該說的話說出口。說的瞬間就算爽快，也只會讓彼此之間的關係惡化，而且不論話再怎麼短，對方都會記得的。還請大家記好，惡言相向只會反過來傷害自己而已。

餓鬼の断食
餓鬼絕食

不是我吃不到
是我刻意不吃的

意思 將理所當然的事當成特別的事看待。

「餓鬼」指的是苦於飢餓、口渴的死者，由於他們生前做了壞事，所以不論怎麼吃喝食物都無法通過喉嚨。這些餓鬼如果吹牛自己「我正在絕食」，也絲毫沒有說服力。越是吹捧自己，就越容易讓對方覺得「真是器量狹小的人」呢。

順帶一提，用來表示「棘手的孩子」的詞「ガキ」（小鬼），漢字也是寫成「餓鬼」。

陰では殿のことも言う
背地裡亦有主公壞話

聽說我們家主公
曾經怕戰爭
怕得哭哭啼啼的呢！

真是難看呢

意思 任何人都曾被說過壞話，所以不用放在心上。

　那位坂本龍馬曾經說過「好壞任由他人說，我為之事惟我知」……不要在意別人說的壞話才是上上策。

　在對方面前說「你○○這麼做吧？」會是建議，可是在背地裡說「他如果○○就好了」有時候就會變成壞話，即使不見得是在批判他人也可能招致誤解。想要指謫別人時考量「對誰說」、「什麼時機說」是非常重要的。

專欄
column 5
螃蟹

聽到「螃蟹」你會聯想到什麼？「鉗子」、「橫著走」、「泡泡」、「馬上逃進洞裡」、「好吃」……只要看看有關於螃蟹的諺語，就知道古時候的人也跟我們想的一樣呢。

慌てる蟹は穴へ入れぬ
急蟹入不了洞

▶ 手忙腳亂的話做什麼都會失敗。

螃蟹一偵測到天敵聲音或行動就會躲進洞裡。雖然我們沒什麼機會見到慌忙得躲不進洞的螃蟹，倒是很能體會手忙腳亂的話連簡單的事情都會搞砸的道理。另外還有「急ぐ鼠は穴に迷う」（急鼠找不到洞）「急いては事を仕損じる」（欲速則不達）等同義詞。

啊啊

啊啊

啊啊
啊啊

蟹の念仏
螃蟹念佛

▶ 碎碎念。

你看過螃蟹從嘴巴不斷吐出泡泡的樣子嗎？其實這個氣泡是「呼吸困難」的警訊。螃蟹跟魚類相同都是鰓呼吸，一旦上岸就只能用鰓中的水來呼吸，水變少之後就會鼓動嘴巴與鰓。當空氣進入鰓中就會與剩下少量的水混在一起，然後從嘴巴附近吐出氣泡。

蟹の横這い
螃蟹橫行

▶ 就算別人看起來很辛苦，但本人覺得輕鬆又方便。

螃蟹橫著走在我們看來是奇怪的走路方式，不過說不定螃蟹看著我們也覺得我們走路方式很奇怪呢。

神

神明的諺語常是玩笑話或是雙關語。或許正因為「神」聽起來令人敬畏,所以才至少用親切的語言表現讓神更易貼近人心吧。

出雲の神より恵比寿の紙
出雲之神不如惠比壽的紙

▶ 男女關係是麵包大於愛情。

「出雲之神」指的是結緣的神。「惠比壽的紙」則是指明治時代的紙幣,上面印有惠比壽(福神)的圖像。

稼ぐに追い抜く貧乏神
掙錢掙不過窮神

咻————

▶ 人一窮再怎麼拚命工作都脫離不了貧窮。

另外還有表達好好工作就不會貧困的「稼ぐに追い付く貧乏なし」(掙錢貧窮就追不上)這句意思完全相反的反義語。

貧は世界の福の神
貧窮為世界福神

▶ 貧窮是努力的原動力,最終會帶來成功與幸福。

另有「貧窮的人不做與金錢有關的壞事,一心專注在每日的生活而感到幸福」的意思。

仏ほっとけ神構うな
不管佛不理神

▶ 不要太沉迷在信仰中。

疫病神で敵をとる
衰神敗敵

▶ 自己什麼事都不用做就幸運地達成目標。

衰神找上自己厭惡的人,奪走對方的性命……這與其說是「幸運」不如還是去驅個邪比較好吧。據說這個諺語在江戶時代相當流行。

錢

究竟是「有錢才能快活」還是「快活的工具之一是錢」呢……人生與錢實在是息息相關呢。這邊就介紹幾個被錢搞得暈頭轉向（？）的諺語吧。

がったり三両
砰聲三兩

▶ 因為任何小事都要花錢，所以別做多餘的事。

諺語的意思是任何東西隨著「砰」一聲壞掉，就至少要花三兩錢。

金が言わせる旦那
有錢人人喊大爺

▶ 人會被捧上天是因為有錢。

之所以被周遭的人喊「大爺、大爺」並不是因為人品高尚而是因為有錢……總覺得，這令人有些難過呢。另有「人間万事金の世の中」（世間有錢萬事足）等同義詞。

金さえあれば飛ぶ鳥も落ちる
有錢能射下飛鳥

▶ 這世上只要有錢什麼都做得到。

金と塵は積もるほど汚い
金錢與灰塵都是越積越髒

▶ 錢越賺慾望越強，最後會變得吝嗇。

口と財布は締めるが得
勒緊嘴巴與錢包才划算

▶ 沉默是金。少說話、少花錢比較好。

財布の底と心の底は人に見せるな
錢包與心不可亮底

▶ 不要向他人揭露自己的財產與真實想法。

朝起（あさお）き千両（せんりょう） 夜起（よお）き百両（ひゃくりょう）

早起千兩 晚起百兩

意思

早晨起床工作比晚上工作更有效率也更有利。

　　早早開工早早結束……雖然知道那是理想，但實際上挺困難的呢。順帶一提據說早上曬到陽光約 15 小時後就會分泌褪黑激素（一種促進深層睡眠的荷爾蒙）。

烏鴉

與烏鴉有關的諺語多聚焦在外觀的顏色（黑色）上。

今鳴いた烏がもう笑う
鳴泣烏鴉轉瞬為笑

▶ 剛剛還在哭的人馬上就平復心情破涕為笑。

烏の頭の白くなるまで
待到烏鴉白頭時

▶ 時機永遠不會來。

鴉科動物在世界上約有 130 多種，其中也有藍色或綠色的烏鴉。

烏は百度洗っても鷺にはならぬ
刷洗烏鴉百遍也不成白鷺

▶ 天生的事物不可能改變。

烏を鷺
指鴉為鷺

▶ 硬是顛倒是非，扭曲事實。

將烏鴉（黑色）硬說成白鷺（白色）只會造成別人困擾而已。另外還有「鹿を指して馬となす」、「馬を鹿」（指鹿為馬）等同義詞。

鷺と烏
白鷺與烏鴉

▶ 完全相反。

這是比較白鷺與烏鴉的諺語。

烏鴉　　　　白鷺

何処の烏も黒さは変わらぬ
天下烏鴉一般黑

▶ 不論去哪裡，事物都沒有太大變化。

権兵衛が種蒔きゃ烏がほじくる

權兵衛播種　烏鴉啄食

意思

辛勤工作的成果卻被別人搞砸。

　　好不容易播好種卻被烏鴉啄光，應該會很失意吧。順帶一提日本最常見的是大嘴烏鴉與小嘴烏鴉這兩種烏鴉。嘴喙寬大、額頭凸出，多出現於森林或街道上的是大嘴烏鴉。嘴喙細長、額頭平坦，多出現於田埂或河川附近的是小嘴烏鴉。

亀の年を鶴が羨む
鶴羨龜壽

阿龜你幾歲～？

9800歲

好棒喔～

意思 慾望無窮。

　　這個諺語源自「鶴壽千年，龜壽萬年」這句祝福長壽的話，意思是可以活千年的鶴羨慕可以活萬年的龜。

　　人一旦滿足過了，下一次再有同樣的事就不會感到滿足，想要更上一層；每一次滿足過後慾望就會越發膨脹，下次會更難滿足。乍看之下這是不會結束的迴圈，不過「想更上一層」、「想更進一步」的「慾望」能夠轉換成「熱情」，成為打開「未來」這座迷宮大門的關鍵鑰匙。

啄木鳥の子は卵から頷く
啄木鳥蛋會點頭

意思 早早就嶄露頭角，發揮天生的才能。

啄木鳥啄木的目的是鑿開樹孔，用以製作巢穴或是尋找食物，也因此其嘴喙非常尖銳。搶奪地盤或求偶時也會啄木發出聲響；為了發出更響亮的聲音，還會特地挑選中空的樹木，可說非常聰明。

啄木鳥啄木的速度是每秒約 20 次。此外詩人石川啄木的「啄木」這個筆名也是來自於啄木鳥。

木^きに餅^{もち}がなる
樹結麻糬

希望明年
可以結出麻糬

意思 把事情想得太美好。

　　諺語的意思是期待「樹木可以結出麻糬」這種不可能發生的事情。

　　「有這種很棒的工作」、「投資一定能賺」、「我是為了你才說的」……如果不認識的人提到這種「好康的事」就要多加注意了。就算當場快要被說服了，還是要冷靜一段時間，好好思考後再做出決定。這種所謂「樹結麻糬」的事，好康大抵上都是別人的。

気の利いた化け物は
引っ込む時分

貼心鬼怪也懂得退場

欸嘿…

接下來就祝活著的
二位玩得開心～

意思 諷刺長期賴著不走或尸位素餐的人。

「就連鬼怪都知道要貼心地在該退場時退場」的意思。

「因為這位置坐起來很舒服」就一直賴著不走，不願讓出地位或權力，只會讓人與幸福都離自己遠去。為了自己享樂死死抓著現在的位置，就會和各式各樣的人事物產生衝突。希望大家都能成為自己快樂時，也能注意到別人是否快樂的暖心人。

茸採った山は忘れられない
忘不了採菇山

啊——— 啊———

還要來啊？

去那座山採菇吧

爺爺，去那座山已經47次了

意思 經歷一次好事就會不斷期待它再次發生。

　　年紀越大越執著「成功的方法」、「熟悉的地方」、「能得手的東西」等等，因為這麼想最輕鬆。然而「輕鬆」與「快樂」終究是不同的。為了找到新的「快樂」就要鼓起勇氣放掉現在擁有的一切，畢竟我們能擁有的事物有其上限。

　　「不放手就得不到」，只要心中有這個信念，不論幾歲應該都不會失去「改變的勇氣」吧。

相反、顛倒

介紹幾個讓人不由自主想吐槽「反了！反了！」的有趣諺語。

明日食う塩辛に今日から水を飲む
今日喝水為明日食鹹

▶ 聽起來準備充足，但其實毫無用處。

明天才要吃鹹的今天就把水喝了，這實在沒什麼意義。

石が流れて木の葉が沈む
石浮葉沉

▶ 相反，完全顛倒。

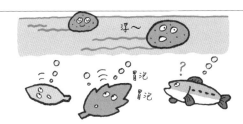

車は海へ舟は山
車行海上船行山

▶ 相反，完全顛倒。

雖然意思不同，不過另有一個「船頭多くして船山へ上る」（船長一多船上山）的諺語，表示領導的人太多團隊會朝意料不到的方向前進，宛如多頭馬車。

冬編笠に夏頭巾
冬天戴笠，夏天包巾

▶ 相反，完全顛倒。

意思是冬天戴著夏天戴的斗笠，夏天則包著冬天保暖用的頭巾。最近很少看到冬天穿著短褲慢跑的男孩子了呢。

餅食ってから火にあたる
吃麻糬後才烤火

▶ 順序相反。搞錯工作的次序。

諺語是「沒有烤火就先把麻糬吃下去，然後才用自己的肚子去烤火」的意思。

吃

吃什麼、怎麼吃、什麼時候吃……這邊介紹幾個使用「吃」這個字的諺語。除了人類外也有動物喔。

あの声で蜥蜴食らうか時鳥
美聲杜鵑亦食蜥蜴

▶ 人不可貌相。

這是從江戶時代的俳句裡誕生的諺語。「杜鵑」是夏天季語，在俳句「5、7、5」的格律中顯得特別好唸。由於杜鵑嬌巧的外形與悅耳的鳴聲而被當成是夏季的象徵，在短歌與俳句中很受歡迎，然而杜鵑外形與習性與布穀鳥類似，父母不會自己養育雛鳥，牠們會將蛋生在樹鶯等其他鳥類的巢中，讓別人去幫牠們養小孩。就算叫聲悅耳，但幹的事挺過分的呢。

鮟鱇の待ち食い
鮟鱇待食

▶ 什麼都不做，只等著坐收利益。

打開血盆大口靜靜等著自投羅網的小魚…這句諺語就是在形容這種鮟鱇的生態。

色気より食い気
食慾更勝性慾

▶ 比起外表更重視內在、實際利益。

「比起對異性的關心，更在意自己的食慾」的意思。

食うことは今日食い言うことは明日言え
食今日食，話明日說

▶ 吃的東西馬上吃掉是最好吃的，但是要說的話還是謹慎考慮後再說。

米食った犬が叩かれずに糠食った犬が叩かれる
棒打食糠狗，不打食米狗

▶ 做壞事的人無罪，犯一點小錯的人被罰。

另有「皿嘗めた猫が科を負う」（舔盤貓負罪）的同義詞。日文中的「科」就是罪行、過錯的意思。

食わせておいて扠と言い

拿人手短吃人嘴軟

意思

營造讓人不能拒絕的環境再拜託對方做事。

　　請客讓對方酒足飯飽後再說「那麼……」來拜託對方，這樣對方還真的很難拒絕這個請託吧。另外有「旨い物食わす人に油断すな」（對請客者不可大意）這句諺語。

食うた餅より心持ち
吃掉的麻糬不如滿懷的心意

比起麻糬
你的心意更讓我開心喔～

意思 比起對方送的「物品」，那份贈禮的「心意」更值得高興。

　　贈禮時總會思考「那個人喜歡什麼」、「他會不會覺得開心」。想到這點就覺得比起禮物，那份真心誠意更值得珍惜。對送禮給你的人來說，你的笑容也應該是最棒的禮物。諾貝爾文學獎得主川端康成也曾說過：「若一生中能讓一個人獲得幸福，那就是自己的幸福。」

糞

糞可以念成「くそ」或是「ふん」，還有
「大便」、「糞便」、「屎」等等稱呼。有
這麼多種說法，或許就證明了大便與人們
生活近在咫尺也說不定？

転べば糞の上
跌在屎上

▶ 形容厄運連連。

另有「泣きっ面に蜂」（蜂飛哭臉）、「踏んだり
蹴ったり」（禍不單行）、「弱り目に祟り目」（雪
上加霜）等等許多意思相同的同義詞。

啊——

先勝ちは糞勝ち
先贏如屎

▶ 在勝負中一開始贏了也不見得最後能贏。

或說成「先勝ちは馬鹿勝ち」（先贏如白癡）。這個諺語警惕人做事不能大意呢。

自慢の糞は犬も食わぬ
自豪的屎連狗都不吃

光會炫耀是不會被別人當成一回事的。

糞は出たが別が出ない
有屎無思

▶ 沒有好點子。

「分別が出ない」（沒有好的想法）的雙關
語。諺語源自人在廁所中容易聯想到好點子
的說法。或許真正的好點子只會在最後關頭
才浮現也說不定。

嗯…

仏の顔に糞を塗る
佛臉塗屎

▶ 侮辱重要或尊貴的東西。

口あれば京へ上る
出口就上京

那邊

京都在哪裡？

意思 說到做到，有幹勁的話什麼都能做到。

「京」是指京都，諺語意思是「只要有嘴巴敢開口問路，就連京都也去得了」。另有「目あれば京に上る」（有眼就上京）的說法。

雖說有幹勁是好事，但「想做」跟「做」完全不同。大多數人只是「想做」，幾乎沒有人實際去「做」。只要跨過「不可能做到」、「下次再做」等等迷惘真正去「做」，就幾乎等於成功一半了。真正的失敗其實來自於「毫不行動」這件事。

口は虎　舌は剣
口如虎，舌如劍

不明事理的人！

妳這渾蛋！

意思 有些話會傷害對方，最後反過來傷害自己。

　　諺語意思是「嘴巴如老虎般兇惡，舌頭如刀劍般銳利」。另外還有「口は禍の門」（口為禍門）「舌は禍の根」（舌為禍根）等等形容禍從口出的說法。

　　不經意的一句話可能會使對方焦燥無比，最後導致兩人吵架。不論彼此的信任多麼堅實，都可能因為一句話變成死對頭。特別是想糾正還不熟識的人或給建議時，更應該慎重揀選要說出口的話才是。

靴を度りて足を削る
削足適履

你在做什麼？

我為了穿上鞋子
在削自己的腳

削

削

意思 做事本末倒置，顛倒順序。

　　大家或許想吐槽「怎麼可能為了配合鞋子尺寸去削掉自己的腳」，不過出乎意料地反過來看生活大小事，就會發現很多自己也中槍的地方。譬如因為「流行」這個理由就買下衣服而不考慮是否適合自己，或是有很多「想做的事」卻因為「必須做的事」而忙到暈頭轉向……希望大家都能思考事情的優先順序再行動，避免自己也落到本末倒置的情況。

水母の行列
水母在排隊

比起排隊

不如浮著

浮

浮

意思 不好好排隊。

　　水母有稱為「眼點」如同眼睛般的器官，不過一般認為只有感應光的能力，沒辦法好好排隊也是理所當然的。雖然水母看起來悠閒自在，不過觸手（傘狀身體旁細長的突起）具有毒刺，碰到小型魚類等獵物就會用這些毒刺麻痺獵物後再進食。當然人類碰到也會螫傷，務必多加小心。

　　順帶一提，日本最古老的史書《古事記》中也記載了水母。

句<ruby>く</ruby>を作<ruby>つく</ruby>るより田<ruby>た</ruby>を作<ruby>つく</ruby>れ
作詩不如耕田

捨棄筆與墨
麥田舉鋤勤耕作
秋天慶豐收

意思 別花時間在無助於生活的事上，好好工作。

　　除了運動選手及藝人外，最近小孩子們最想成為的職業還多了一個「YouTuber」。雖然夢想與現實必須相互磨合，但最理想的果然還是「把興趣當成職業」吧。人認真努力為的就只有「喜歡的事」、「擅長的事」、「喜歡的人」這三種事情而已。

　　順帶一提，基本上俳句為「5、7、5」17 個字的格律，而且必須放進季語。短歌基本上則是「5、7、5、7、7」31 個字，不需季語。

けちん坊の柿の種
小氣鬼的柿子種子

把種子還我

我不是拿飯糰
跟你換了嗎

意思 小氣的人連毫無用處的東西都捨不得。
一毛不拔。

如果只考慮自己的利益，最後就會被人孤立。這世上的規矩就是不給人就得不到。這說的不只是物品，譬如工作上教人訣竅、從自己的立場退讓或讓出地位等等，只要考量到「對方的利益」，最後應該就會成為「自己的德行」而招來人氣與各種利益。

幸福的種子一定是在你放手後，才會生出新綠的嫩芽。

結構は阿呆の内
唯命是從是呆子

沒問題

全都交給你～

意思 不論他人怎麼說、怎麼做都唯唯諾諾的人與愚者相同。

　　老實順從別人的意見到底是好事還是壞事？很多時候都必須「先聽從看看再來考慮」，不過若事事都聽從他人，很可能會變成一種習慣……。就算自己認為「我是個能配合別人、堅忍不拔的老實人」周遭也只會認為你是個「沒辦法自己思考的廢柴」。不說出自己的意見，通常都只是讓自己活得輕鬆的做法而已。

げらげら笑いのどん腹立て
哈哈大笑後怒髮衝冠

意思

情緒反覆無常的人。

　　「どん」是強調生氣的語詞，與「どん底」（深淵）「どんづまり」（尾聲）相同。另外還有「げらげら笑いの仏頂面」（大笑後板臉）這個意思相同的諺語。

　　著有《論幸福》一書的著名法國哲學家阿蘭曾留下這樣的話：「不是因為幸福而笑，而是因為笑而幸福。」盡量別將負面情緒展露出來，笑著度過人生吧。

59

喧嘩は振り物
吵架如雨

嘻嘻…

意思 人無法得知吵架什麼時候會發生。

　　諺語形容的是「跟下雨一樣，吵架什麼時候會降臨身上都不知道。」

　　「為什麼不願了解我」、「我為你做了這麼多」……像這種吵架的理由多如繁星，但全都有個共同點，那就是認為自己是正確的。考量對方的立場與心情這件事就像一把傘，為我們遮擋吵架時的風雨。

專欄
column 12
吵架

這邊介紹與吵架有關的諺語，也順便提到「鎖棒」或「槍持」等今天已經不太有機會聽到的詞。

後の喧嘩　先でする
之後的架先吵起來

▶ 一開始就先妥善討論，避免之後發生問題。

大家應該都不想聽到事情進行到一半才出現「說到底如果先〇〇」、「一開始就該先〇〇」之類的意見吧。

川向かいの喧嘩
對岸的打架

▶ 隔岸觀火。與自己毫無關係的事。

喧嘩過ぎての空威張り
打完架才虛張聲勢

▶ 吵架時畏畏縮縮，吵完才吹牛、逞強。

喧嘩過ぎての棒乳切り
打完架才拿出鎖棒

▶ 來不及派上用場。無法挽回。

「棒乳切り」（鎖棒）又稱為「棒乳切り木」，是一種兩端粗中央削細，裝上鎖鍊的武器。諺語是「打完架了才拿鎖棒來助陣，派不上用場」的意思。

旦那の喧嘩は槍持ちから
主子吵架先從持槍侍衛開始

▶ 下屬的小爭端會造成上層彼此爭鬥。

「槍持ち」指的是提著槍侍奉在主人身邊的侍衛。Ａ與Ｂ兩人的小爭吵不知不覺就演變為Ａ家與Ｂ家的爭鬥……不論什麼對立，起因往往都是一些芝麻綠豆大的小事。

61

御意見五両　堪忍十両
意見值五兩，忍耐值十兩

感謝您的意見，
我會重新再寫一遍。

你的作文很細心，
不過太過平庸無法打動人。

意思 重要的是仔細聽別人的意見並忍耐。

諺語意思是「別人的意見值 5 兩，諸事忍耐就有 10 兩的價值」。另外還有「堪忍の忍の字が百貫する」（忍耐的忍字有百貫錢）、「堪忍五両思案十両」（忍耐五兩細思十兩）等類似的諺語。

被別人指出錯誤難免會想要反駁，可是與其想成「這些批判在否定自己」，不如忍住當成「這是個提升自己的好機會」更能為自己加分。

声無くして人を呼ぶ
無聲亦能呼喚人

意思 人群會自然聚集到有德之人身邊。

　　如果凡事只想到自己，那就只能靠自己交出結果；相反地若能想到幫助他人，那麼「自己的喜悅＝他人的喜悅」，身邊的同伴自然就會增加。最後即便不自己開口說「我能做到○○」，同伴們也會告訴大家你很有能力，讓你深受大家的信賴。藏傳佛教最高領袖‧第十四世達賴喇嘛曾說過：「若希望他人幸福，就為人著想，若希望自己幸福，也為人著想。」

極樂

極樂是「極樂世界」（阿彌陀佛所在的祥和淨土）的簡稱。據說念佛就能得到阿彌陀佛接引，往生西方極樂世界。

極楽願わんより地獄作るな
與其心念極樂，不如別造地獄

▶ 與其期待幸福到來，還不如避免種下不幸的種子。

極楽の入り口で念仏を売る
極樂入口賣念佛

▶ 在行家面前賣弄本領，班門弄斧。

好不容易靠著念佛才來到極樂世界，結果在入口還得聽別人教你怎麼念佛，應該挺令人困擾的吧。也有「釈迦に説法」（佛前講經）這個同義詞。

信心過ぎて極楽通り越す
信心過頭越過極樂

▶ 信仰也是過猶不及，切勿過火。

這個諺語形容「就算相信能前往極樂世界，但信仰太過份反而會越過極樂世界，招致不幸。」

他人の念仏で極楽参り
藉他人念佛往生極樂

▶ 想靠別人的力量得到利益，借花獻佛。

想靠別人念佛的功德偷渡到極樂世界確實是挺狡猾的，不過等著那種人的真的是極樂世界嗎，還是……。

仏頼んで地獄へ堕ちる
拜佛下地獄

我想去極樂世界——！

▶ 事與願違。

這個諺語形容「明明拜託佛祖帶我去極樂世界，結果我卻下地獄了」。還有「坊主頼んで地獄」（和尚帶人下地獄）這個意思相同的諺語。

小言は言うべし
酒は買うべし
斥責該說，酒也該買

好——

簡報做得不錯
所以去喝酒吧！
但是桌面要整理！

意思 犯錯時就該罵，做得好時就該獎勵。

　「該罵的時候要厲聲責備，誇獎的時候就要買酒好好獎勵他」的意思。只有斥責會讓對方積累怨氣，但只有褒獎又會寵壞對方⋯⋯這之間的平衡確實挺困難的。雖然視對象與狀況而定，不過當自己站在上位的立場時，比起斥責更應該多多誇獎才能構築良好關係，也能間接促使對方成長。學會正確而非客套的誇獎方式，也是提升自我的好方法。

炬燵で河豚汁
暖桌上喝河豚湯

果然暖桌就要
配河豚——

意思 **注意安全的同時卻又犯險的矛盾行為。**

　　諺語的意思是「雖然躲在暖桌裡溫暖身子，卻喝著可能中毒的河豚湯」。河豚身體裡有著稱為「河豚毒素」的劇毒，其毒性高達氰化鉀的 1000 倍……除了內臟外，部分種類的河豚皮膚與肌肉中也有毒，一般加熱也無法去除。順帶一提「河豚」的漢字據說源自於中國棲息於河川中的種類，另外也有將釣上來時發出的「咕咕聲」用作命名的說法。

竿竹で星を打つ
さお だけ　　 ほし　　 う

竹竿打星

意思 打算做不可能之事的愚蠢。

　　還有「無法完成目標的焦燥」的意思。

　　地球與月球的距離為 38 萬 km 左右，地球到太陽的距離約 1 億 5000 萬 km；獵戶座的參宿四（獵戶座左上方明亮的紅色星星）則遠在 640 光年之外。「1 光年」是光走 1 年的距離，而 1 光年＝約 9 兆 4600 億 km，也就是說到參宿四的距離還要乘以 640……想要打下星星，竿子的長度可真是令人難以想像。

酒買って尻切られる
請酒被砍屁股

對決吧

哇

意思 好心沒好報，善意待人卻吃虧。

　　諺語的意思是「買酒款待對方，結果對方喝醉了反過來砍自己的屁股」。

　　價值觀或立場不同，「值得感謝的事物」也隨之而異。屁股被砍或許不是因為對方懷有惡意，只是體貼沒能傳達給對方。這時候不用勉強辯駁或埋怨對方，就當作是沒辦法的事、彼此沒有緣份，說不定屁股的傷還能早點好起來。

酒の酔い本性違わず
酒醉不亂性

意思

就算喝到醉醺醺也
不忘理智。

　　喝酒後肝臟會分解酒精，
產生「乙醛」這種有害物質，
造成頭痛或嘔吐。有許多日本
人體內用來分解乙醛的酵素的
機能較弱，因此酒量比非洲人
或歐洲人來得差一些。當然也
有很多酒量好的日本人，不
過得小心不要喝到不省人事
了……。

酒

看著這些諺語就感覺果然以前的人也會因為喝酒而失敗呢。

いやいや三杯
不要還三杯

▶ 欲拒還迎，只有嘴巴說不要。

形容人被勸酒時一邊嘴巴說著「夠了夠了」卻還一杯杯下肚的樣子。在居酒屋很常看到這種事呢。

親の意見と冷や酒は後で利く
父母意見與冷酒都有後勁

▶ 長大成人才體悟父母的意見很有用。

諺語比喻父母的意見就像冷酒般，喝了之後過一段時間後勁才會上來。為了避免「子欲養兒親不待」的情況，希望大家都能盡早學會坦率地傾聽父母的意見。

海中より盃中に溺死する者多し
溺死於杯中者多過死於海中

▶ 比起溺死在海中的人，溺死在酒中的人更多。

酒は飲むべし飲むべからず
酒該喝不該溺

▶ 喝酒適量就好，小心喝太多會導致失敗。

上戸に餅 下戸に酒
送餅給酒豪，送酒給不沾酒者

▶ 難得好意卻搞錯對象，一點也不值得高興。

「上戸」意思是酒量大的人，「下戸」則是不會喝酒的人。

友と酒とは古いほど良い
朋友與酒都是老的好

▶ 交往越久的朋友越能信任，熟成越久的酒味道越醇。

也就是說「時間長度＝信賴程度」。這跟傳統公司更深得大眾信任的道理或許是一樣的。

飲む者は飲んで通る
酒人猶可度日

▶ 愛喝酒的人看起來會因為酒錢花費很多很辛苦，但其實生活還過得去。

人酒を飲む酒酒を飲む酒人を飲む
人喝酒，酒喝酒，酒喝人

▶ 起初是人在喝酒，但最後會變成人沉溺在酒中。

意思是勸戒人喝酒適量。

酔いどれ怪我せず
醉鬼無傷

▶ 一心一意做事的時候不會太失敗。

「喝醉酒走路都走不好的人，意外地不會受什麼大傷」的意思。不過實際上我們還是能看到不少酒醉造成的危險情況……平時還是得小心不要變成「醉鬼無藥可治」了。

札束で面を張る
鈔票打臉

意思 用錢使人屈服。

　　大概在西元 1600 年左右日本開始出現紙幣，一般認為起先是在伊勢的商人之間開始流通。第一套發行於日本全國的紙幣（太政官札）則是明治時代之後的事了。

　　至今為止紙幣上的人像有神功皇后、板垣退助、菅原道真、藤原鎌足、日本武尊、伊藤博文等各式人物。順帶一提紙幣 1 張約 1g，用 100 萬日圓打人應該是滿痛的。

猿が仏を笑う
猴子笑佛

意思 膚淺的人不了解智者的偉大而嘲笑智者。

　　有時候才華出眾或擁有雄心壯志的人會與他人格格不入，可能還會被嘲笑「怪人」、「絕對不會成功」等等。然而最後能拿出成果的人往往都不是笑人那一方，而是被笑的那一方。若開始被他人嘲笑，或許正是「自己的努力開始有結果」的證明。作家太宰治曾留下這段文字：「被嘲笑，再被嘲笑，然後變強。」

column 15
猴子

提到猴子就會想到「猿も木から落ちる」（智者千慮必有一失）「犬猿の仲」（勢如水火）等著名諺語，不過這邊介紹幾個比較冷僻的諺語。

木から落ちた猿
猴落樹下

▶ 失去依靠，不知如何是好的狀態。

另外還有「陸に上がった河童」（上岸河童）、「水を離れた魚」（離水之魚）等同義詞。正因為「猿も木から落ちる」（猴子也會摔下樹），所以只要抱持著犯錯還能轉圜、失敗後再重新出發的心情，就能再一次爬回樹上。

咚———

毛のない猿
無毛猴子

▶ 無情無義的混帳。

源自於「人跟猴子差在有毛無毛」的觀念。也能說成「毛のない犬」（無毛狗）。

猿の尻笑い
猴子笑屁股

▶ 忽略自己的缺點，嘲笑別人的缺點。龜笑鱉無尾。

形容紅屁股的猴子嘲笑其他猴子的紅屁股。就算屁股的紅色略有不同，但都是紅色……亦即「五十歩百歩」（五十步笑百步）的意思。

紅屁股
好奇怪———

你也是啊

三歳の翁　百歳の童子
三歳老人百歳童子

意思 年輕人裡有腳踏實地的人，老人裡也有是非不分的人。

　　上了年紀就比較少挨罵，較容易做想做的事、說想說的話。不過若察覺自己有著「大家都是○○我是△△」、「我想要保持○○的樣子」的想法，不妨回頭檢視這些「自己的規則」是不是變成「任性妄為」了。自己認為是「個性」的部分，在旁人看來可能只是「任性」而已。

　　人一定不是從身體，而是從固執的心開始老的。

敷居を跨げば
七人の敵あり
門檻一跨，前有七煞

意思 **男人一出人頭地就有許多敵人擋在前方。**

　　諺語的意思是「男人一出門就會有七個敵人等在前方，凡事必須小心」。

　　除了運動這種勝負明確的事情外，考試、就業、出人頭地、收入差距……日常生活中不論男女都有很多像是在拚勝負的場面。不要想著全都要贏，抱持著贏3成左右就好的心情或許會比較輕鬆一點？畢竟就算是職棒，打擊率3成以上就已經是強棒了。

地獄にも知る人
地獄遇知交

意思 不管去到多遠的地方都會碰上認識的人。

還有「冥土にも知る人」（黃泉遇故知）的說法。「地獄」是生前犯罪的人死後受罰、吃苦的地方。「黃泉」則是人死後靈魂的去處。

你是否碰過雖然沒很熟，但總是會在各種地方偶然遇見的人呢？說不定那個人興趣、思維、生活方式都與你很像。好好與他交個朋友，或許能發現意外的共通點呢。

死に馬が屁をこく
死馬放屁

し

意思 不可能的事。

　　諺語意指發生不可能的事。

　　馬是情感表現非常多樣的動物，譬如希望別人幫牠時會用前腳刮地板，生氣時雙耳會往後貼等等，有時候會甚至會翻過來用背磨擦地面，為了抓癢與磨掉背上的汙垢與寄生蟲。不過就算馬這麼活潑，也不會在死後放屁。順帶一提貘、犀牛與馬都同樣是奇蹄目的動物。

自慢は知恵の行き止まり
智慧阻於自滿

意思 一旦開始自吹自擂，成長就會停止。

　　雖然滿足於結果是很重要的事，但滿足也容易變質成驕慢。如童話《龜兔賽跑》的兔子一樣，一旦自誇「我比別人還有能力」，就會被腳踏實地漸漸成長的人追過去。比起什麼都足夠的人，「不足的人」才能為了追求滿足而持續成長。

　　另外還有「高慢は出世の行き止まり」（高傲者不會發跡）這個同義詞。

雙關

「シャレ（洒落）」指的是雙關語。活用意思或音韻相近的詞，創造出朗朗上口的新詞，往往令人印象深刻呢。

家柄より芋莖
家世不如芋莖

▶ 就算家世不好，但只要能過上優渥的生活就好。

「いえがら」跟「いもがら」的諧音雙關。芋莖指的是曬乾後的芋頭莖。諺語形容的是「比起家世，能拿來吃的芋莖更好」帶有譏諷自誇家世的人的意思。

いらぬお世話の蒲焼
愛管閒事的蒲燒

▶ 叫人不要多管閒事。

「世話を焼く」（照顧人）與「蒲燒」的雙關語。

\ 需要我嗎? /
\沒問題吧?/ \要幫忙嗎?/

恐れ入谷の鬼子母神
恐怖的入谷鬼子母神

▶ 將「恐れ入りました」（真不好意思）說成雙關語。

「鬼子母神」是東京都台東區的入谷地區所祭祀的生育之神。也可唸作「きしぼじん」。

学者むしゃくしゃ
學者心煩意亂

▶ 學者難相處，總愛說些難懂的事。

「がくしゃ」跟「むしゃくしゃ」的諧音雙關。當成繞口令快唸好幾次會有暢快的感覺喔。

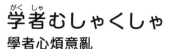

昔の某 今の金貸
以前當豪族，現在當錢莊

▶ 以前是個身分高貴的人，現在卻成了低賤的人。

「なにがし」跟「かねかし」的諧音雙關。意思是「以前明明是名門望族，現在卻成了放貸人。」

<ruby>出家<rt>しゅっ け</rt></ruby>の<ruby>念仏<rt>ねん ぶつ</rt></ruby><ruby>嫌<rt>ぎら</rt></ruby>い
出家人討厭念佛

意思 討厭最重要的部分。

　　就業時挑選公司，會碰到「你喜歡那間公司嗎」、「你喜歡那種工作嗎」這種問題。所謂工作，簡單說就是反覆做同一件事。雖然進入喜歡的公司當然會給人動力，不過與其考量「要進哪裡」，不如思考自己「要做什麼（必須反覆進行的事）」再來選工作，或許才能度過充實的時間。

　　「<ruby>酒屋<rt>さか や</rt></ruby>の<ruby>下戸<rt>げ こ</rt></ruby>」（賣酒人不會喝酒）也是意思相同的諺語。

81

尻が来る
屁股來了

都是你的錯——！

我怎麼知道！

意思 被迫背負責任，代人受過。

「尻」除了指身體後方的屁股外還有「後面」、「末端」等意思，這句諺語也形容了「最後幫人擦屁股」的情況。

上司、後輩的過錯、孩子的失敗……有些時候會碰上即便不是自己搞砸，也必須幫人處理善後的事情。或許大家會認為為何只有自己受罪，不過其他人也都應該有過大大小小類似的經驗才對。用長遠的眼光來看就不是「只有自己」了。

屁股

只是放入「屁股」一個詞，就感覺變成趣味十足的諺語呢。

尻から抜ける
屁股漏風

▶ 學到、見到、聽到的事情馬上就忘掉。

尻毛を抜く
拔屁股毛

▶ 趁其不意大肆捉弄別人。

想像一下「拔屁股毛」的場面……這的確是挺過分的。

尻に帆かける
屁股揚帆

▶ 急忙逃之夭夭。

比喻像船一樣張開帆提高速度的諺語。

快逃啊

尻に目薬
屁股點眼藥

▶ 搞錯方法，毫無意義。

喜んで尻餅をつく
大喜跌跤

▶ 樂極生悲。得意洋洋容易失敗。

萬歲！
好痛！

人名

諺語中常有人名登場，其中多與過去實際存在的人物的特徵有關，不過也有些諺語中的人名沒什麼意思（只是為了語感方便）。

板倉殿の冷え炬燵
板倉閣下的冷被爐

▶ 無可挑剔。

「板倉閣下」指的是板倉重宗。重宗侍奉江戶幕府二代將軍・德川秀忠，根據記載他在就任京都所司代期間工作優異，幾近毫無缺點。當時還曾將「無火（與無缺點同音）的冷被爐」稱為「板倉閣下」。

右次左次物言わず
右次左次不多嘴

▶ 從來不抱怨。

6 世紀中葉有 2 位百濟來的僧侶遭到流放，最後被取名為「右次郎」、「左次郎」並押進大牢中。縱使遭到這般對待兩人也無怨言，因此誕生了這句諺語。

遲かりし由良之助
遲來的由良之助

▶ 盼望已久。

還有「等到最後卻來不及」的意思。「由良之助」是人形淨琉璃與歌舞伎的劇目《假名手本忠臣藏》裡登場的角色「大星由良之助（大石內藏助）」。諺語形容鹽谷判官（淺野內匠頭）切腹之後，由良之助晚了一步趕到的場面。

知らぬ顔の半兵衛
半兵衛裝糊塗

▶ 明明知道卻佯裝不知。

「裝糊塗」其實就能達意了，不過多加個「半兵衛」這個人名讓裝糊塗的人顯得更活靈活現。

両個人都穿不了

次郎 太郎

次郎にも太郎にも足りぬ
次郎跟太郎都不夠

▶ 模稜兩可，半吊子。

化け物と義弘は見たことがない
從未見過鬼怪與義弘

▶ 從來沒看過。

「義弘」是指鎌倉時代的刀匠鄉義弘所鍛造的刀。諺語形容「大家都說鬼怪跟義弘的刀存在，可是從來沒有人看過」。

平気の平左　平左不在乎

▶ 無動於衷。

或說成「平気の平左衛門」（平左衛門不在乎）。與「知らぬ顔の半兵衛」（半兵衛裝糊塗）相同，加上人名讓諺語看來更生動。

弁慶の立ち往生　弁慶站著往生

▶ 進退維谷，動彈不得。

「弁慶」指的是源義經家臣武藏坊弁慶。傳說中弁慶為了保護義經，身中萬箭而死卻仍然站得挺直，這也成為這句諺語的由來。

面面の楊貴妃　各人的楊貴妃

▶ 每個男人都覺得自己的戀人或妻子最美麗。

「面面」意思就是「每一個人」。「楊貴妃」是中國唐代玄宗皇帝的寵妃，也被認為是世界三大美女之一。

やけのやん八　自棄的阿八

▶ 自暴自棄。

用來形容灰心喪志的心情。最後加了像是人名的詞讓諺語讀來奇特有趣。

拗者の苦笑い
すね もの　にが わら

乖僻者也苦笑

意思

再怎麼乖僻也是人外有人，天外有天。

　　「拗者」指的是脾氣古怪彆扭的人。即使覺得自己乖僻，但看到更奇怪的人也會不由自主地笑出來。

　　發明家愛迪生讀小學時才3個月就退學了，因為他極愛發問而被當成問題學生。但是身為教師的母親親自教導他念書，讓他迷上在家中地下室做實驗，最後終於取得約1300項專利，被封為「發明大王」。這樣「乖僻的地方」，也可能成為「最顯眼的個人特色」。

滑り道とお経は早い方がよい

すべ・みち・きょう・はや・ほう

滑行與念經越快越好

南無妙法蓮華…經！

滑溜

意思 進展快一點更令人開心。

　　諺語形容「滑溜泥濘的道路最好趕快走完，無聊的念經也是快點結束更好」。

　　沒有內容的演講、冗長反覆的對談、交通阻塞……越是希望快點結束的事情往往越是拖泥帶水。據說人越在意時間，就會感到時間越長。反過來說，快樂的時光過得總是特別快，也是因為沒有注意到時間吧。

せかせか貧乏
ゆっくり長者
窮人庸碌，富翁悠閒

每天都好忙！

社長室

ZZZ

喀搭喀搭喀搭…

意思 拚命工作不見得能過得優渥。

　　任何事都傾盡全力，最後就會搞壞身體不得不中途放棄。所謂「活得順利」的人就是「該出力時才出力的人」。反過來說若懂得「該放鬆的時機」，每天就能活得多采多姿，讓人生過得更舒適愜意。先集中在必須優先的工作上、工作少的日子就早早回家、變得忙碌前先好好玩樂……為了交出滿意的成果，擁有「放手、放鬆」的勇氣是必要的。

銭は馬鹿かくし
錢能藏拙

意思 只要有錢，愚笨的人也會受到周遭的阿
諛奉承。

　　不只是錢，「公司」、「頭銜」也要多加注意。譬如在公司
裡拿出成果，你可能會誤以為這些全都靠自己的力量所做，不過
周遭的人可能並不這麼想，而認為是「你公司的力量」或是「周
遭的支援」。沒有公司或頭銜還能做到什麼地步才是你真正的實
力。與其作為組織的一員，更希望作為一個獨立的人受到信賴
呢。

草履履き際で仕損じる
穿草鞋時才壞事

嗚哇————！

失————望

意思 最後失敗導致所有努力付諸流水，功虧一簣。

不論是達成多少豐功偉業的名人，只要最後做點壞事就從「達成紀錄的人」變成「做壞事的人」留在大家心中，長時間嘔心瀝血的結晶都可能毀於一旦。法國詩人維克多‧雨果曾留下這句話：「邁出第一步並不困難，走到最後一步才困難。」……或許這世界就是只要結局圓滿就好也說不定？

底<ruby>そこ<rt></rt></ruby>に底<ruby>そこ<rt></rt></ruby>あり

底還有底

意思 只看到事情表面，不了解真相、真實的面貌。

　　地面的底部（地球中心）稱為「地核」，由鐵和鎳等金屬組成。從地表到地核中心約 6400km，越深入中心溫度越高，有些地方高達 5500℃。另外地核周圍還覆蓋一層「地函（由岩石或冰組成）」正在緩慢流動……地面之下完全就是一個未知世界。

　　「內外不同」、「每天慢慢改變」這點人也是相同的。誠摯面對任何一個場合，應該就是了解「真實」的最短捷徑才是。

真是和平

大海を手で塞ぐ
たい　かい　　て　　ふさ

手填大海

不知道
做不做得到

意思 不可能做到。

　　地球表面約 70% 為海洋。地球的水約 97% 都是海水，海水總量多達 13 億 5000 萬 km³……令人難以想像呢。海水中 3.5% 為鹽分，據說全部萃取出來鋪在地球上可以積約 88m 厚。

　　順帶一提世界海洋最深處為馬里亞納海溝（在關島附近），水深約 1 萬 1000m……想用手填住大海根本是痴人說夢。

大根を正宗で切る
だいこん　まさむね　き

切蘿蔔用正宗

喔呀———！！

…真要用這個？

意思 小題大作，大材小用。

也有「讓有能者做無趣工作」的意思。

「正宗」指的是鐮倉時代最有名的刀匠岡崎正宗所鍛造的刀。傳聞中他在鑄造刀時會先用冷水淨身，穿好白衣才進入工房工作。現存的正宗刀多數都被指定為國寶或重要文化財。想切個蘿蔔，實在不需要用到正宗這類名刀吧。

鷹のない国では
雀が鷹をする
無鷹之國雀作鷹

在這國家　　我們最強　　懂了嗎——

意思 沒有強者的地方弱者就會作威作福。

　　在大約1萬種鳥中，雀形目就多達6000多種！烏鴉（雀形目鴉科）、燕子（雀形目燕科）、樹鶯（雀形目樹鶯科）等等都都屬其中。常見的雀是雀形目雀科的麻雀（聽起來有點饒口）。麻雀常棲息於人所住的地方，雖然在日本麻雀發現人靠近就馬上飛走，不過國外有些地區的麻雀是會親近人的。

　　另外有「鳥なき里の蝙蝠」（無鳥村里的蝙蝠）等同義詞，意思相當於「山中無老虎，猴子稱大王。」

叩かれた夜は寝やすい
被打的晚上睡得好

沒問題吧…

打呼～

意思 與其後悔加害於人，不如受害還比較無憂無慮。

「早知道不做那種事」、「想回到那個時候」……傷害他人時的後悔會像根深蒂固的髒汙般永遠留在心底深處，再怎麼想忘掉都無法忽視「自己做錯了」這個事實。另一方面，受害的那一方即便當下非常失落，但心態調整後心中的傷痕很快就能復原，「自己沒有錯」這個事實會幫助受害的人重新站起來。希望大家都能將「傷害他人也會傷害到自己」這件事銘刻心中。

誑しが誑しに誑される
騙徒被騙徒騙

た

意思

想騙人卻被騙、聰明反被聰明誤。

「誑し」意思是誆騙別人的騙徒。另外有「化かす化かすが化かされる」（惑人者反被惑）、「狸が人に化かされる」（騙人狸貓反被人騙）等同義詞。

觀察自己周遭的朋友，是不是會發現跟自己有某些共通點的人還不少呢？悠哉的人身邊就會聚集氣質相同的人，充滿元氣的人身邊自然就聚集同類型的人。想要「騙人」時，說不定就會常常碰上跟自己有一樣想法的人喔……。

達磨の目を灰汁で洗う
鹼水洗不倒翁眼睛

洗太乾淨了…

意思 清晰明確。

葡萄牙人來到種子島是西元 1500 年左右的事，當時帶來的除了鐵砲與金平糖外還有首次引進日本的肥皂。然而當時的日本人不知道製造方式，一直到明治時代才開始普及，在這之前想擦除髒汙會使用「灰汁」等清潔液。

所謂的「灰汁」（鹼液）是將燒完的植物灰浸入水中後浮在上層的清澈液體，可用來當清潔劑與漂白劑。

糰子

將穀物粉或絞肉搓圓的食物就叫「糰子」。不知是否因為圓滾滾的樣子，總給人一種和平溫馨的印象呢。

案じるより団子汁
擔心不如糰子汁

▶ 不論什麼事都別太擔心。

不管發生什麼，與其忐忑不安還不如悠閒吃著糰子汁慢慢等待。還有「案じるより芋汁」（擔心不如芋頭汁）、「案じるより豆腐汁」（擔心不如豆腐汁）的說法。

団子隠そうより跡隠せ
藏糰子不如藏痕跡

▶ 想隱藏什麼反而會從意料不到的地方露餡。欲蓋彌彰。

勸戒我們最好謹言慎行、深思再三。就算藏了糰子，留下盤子與竹籤別人就知道你吃糰子了。

也把我們藏起來

団子に目鼻
把糰子加上眼鼻

▶ 比喻人的臉圓。

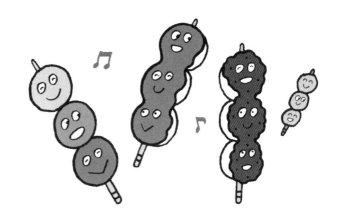

茶碗を投げば綿で抱えよ
抱棉接擲碗

意思 對方態度強硬時，可以採取委婉柔和的態度應對。

　　堅硬的東西互碰其中一邊就會裂開，人也相同，彼此硬碰硬最後會使事態更為惡化，結果對方與自己都會受傷⋯⋯。柔和地應對憤怒，對方也會冷靜下來，不會繼續生氣下去才對。與其順從當下的情緒反應大動肝火，不如先忍住再溫柔地包容對方。發生爭端時，「退讓」的人比「吵贏」的人更不容易後悔度日。

ちょっと来いに油断すな
不可輕忽「來一下」

意思 小心別人說「來一下」往往不會真的「一下」就結束。

聽到「來一下」這句話，各位應該都有預感會發生「無聊話題持續不斷」、「受託做麻煩事」等負面的事情吧。「ちょっと」本來表示「數量或程度不足以被視為問題」的意思，可以的話真希望大家別輕易地把「來一下」掛在嘴上。

順帶一提「ちょっと」的漢字寫成「一寸」或「鳥渡」。

搗き臼で茶漬け
石臼裝茶泡飯

我把茶泡飯放進石臼裡了

你好！

為什麼啊媽媽？

意思 想做小事無須用大器。

　　另有「大は小を兼ねる」（大能兼小），大的東西也能當小的用這句意思完全相反的諺語。

　　一般認為茶泡飯起源自平安時代的《源氏物語》中所謂的「水飯」或《枕草子》裡提及的「湯泡飯」等，把米飯加進水或湯裡時用的料理。茶直到室町時代後半才普及，到了江戶時代茶泡飯便成了庶民生活中常見的料理了。

月夜の蟹
<ruby>月<rt>つき</rt></ruby><ruby>夜<rt>よ</rt></ruby>の<ruby>蟹<rt>かに</rt></ruby>

月夜的螃蟹

つ

空空如也

意思 虛有其表的人。

　　諺語源自月夜抓到的螃蟹比較沒有肉的說法。

　　你知道以「好吃的螃蟹」聞名的帝王蟹其實不是螃蟹嗎？多數螃蟹有一對螯，有四對用來行走的步足，不過帝王蟹雖然同樣有一對螯，但步足只有三對，這是因為帝王蟹屬於寄居蟹的同類。寄居蟹步足中有兩對已經退化變短，帝王蟹則是有一對步足退化到縮在殼裡。

土仏の水遊び
つち ぼとけ　　 みず あそ

泥菩薩玩水

意思 勉強自己會自取滅亡。

　　用泥巴做成的菩薩像要是玩了水可就會溶掉了。

　　強迫自己去做明明做不到的事，或受到他人影響勉強去做危險的事而受傷……背負風險雖然令人心跳加速感到有趣，但腦中還是要分清楚「可以承受的風險」與「應該要避開的風險」。別像泥菩薩般不知不覺間就毀了自己……。

面の皮の千枚張り
臉皮厚千張

意思 厚顏無恥。

　　拋棄羞恥勇於挑戰是好事，但也盡量不要造成周遭人的麻煩。有沒有這種體貼他人的想法造就了「無恥」與「無畏」的差別。

　　順便一提人類皮膚中最外側的表皮厚約 0.2mm，可以維持水分、避免身體感染病菌。嬰兒的表皮厚度則只有成人一半（約0.1mm），肌膚也比成人敏感脆弱。

出かねる星が入りかねる
難出之星也難落

因為我是明星啊

快回去——

意思 很少在人前露面的人一旦熟悉場子就不想下台了。

　　諺語形容「很晚才出現的星星，就算到了其他星星都不在的黎明時分也還是會留在天空中」的樣子。

　　星星在日間也持續發光，只是太陽太亮我們看不見而已。太陽的視星等約－27，滿月為－13左右，金星約－4。每下降一星等亮度就強約 2.5 倍……這麼看來太陽是壓倒性地亮。即便如此，偶爾還是能在早上看見月亮或金星。

寺の隣にも鬼が棲む
寺院旁也住鬼

意思 世上包含了好人與壞人等形形色色的人。

對人際關係感到麻煩時，難免有「如果周遭人更好一點的話……」的想法。不過不管去到哪裡都一定有跟你不合的人，沒有任何環境是只有好人的。與其改變人（鬼）的想法與周遭環境，不如改變自己的思維才能開創新的未來。以《車輪下》等作品奪得諾貝爾文學獎的德國作家赫曼‧赫塞曾留下這樣的句子：「想改變世界，先改變自己。」

天知る地知る我知る人知る
天知地知我知人知

意思 舞弊、惡行總有一天會敗露。

　　古時候，中國政治家楊震在赴任途中，有官員夜半來行賄。官員說：「沒有任何人會知道的，還請您收下。」沒想到楊震卻拒絕收賄並說：「天神知道、地神知道，我知你知。你怎麼敢說無人知道。」官員自覺羞愧只好離開。

　　當心中不再認為作弊可恥，腐敗便由此而生。

理所當然

只看文字覺得「理所當然」的諺語，細讀其實也非常深奧。

雨の降る日は天気が悪い
雨日天氣差

▶ 理所當然、大家都知道的事。

還有「犬が西向きゃ尾は東」（狗頭向西尾巴向東）等同義詞。金氏世界紀錄中年平均降雨量最多的地方是印度東北部一個名為毛辛拉姆（Mawsynram）的村莊，記錄高達 1 萬 1873mm。日本最多雨的屋久島（鹿兒島縣）的年平均降雨量也才約 4500mm（1981 ～ 2010 年的統計），竟超過兩倍以上。

東に近ければ西に遠い
近東便遠西

▶ 站在不偏任何一方的立場非常困難。

還有「あちら立てればこちらが立たぬ」（顧此失彼）等同義詞。明白說出自己的意見時，有人贊成就有人反對，然而相較於「全場一致」，「正反各半」的情況或許才證明了大家對事情抱持關心。

耳は聞き役 目は見役
耳朵用來聽，眼睛用來看

▶ 別多管閒事。

諺語意思是「聽聲音的是耳朵，看東西的是眼睛，彼此分擔不同工作。」雖然有時候會想對別人的事多嘴幾句，但此時應該養成習慣，檢視自己是否好好完成自己的工作與目標。

蒔かぬ種は生えぬ

ま・たね・は

不播種不長芽

意思

沒有付出就沒有收穫。

　　並沒有「努力就一定成功」這件事，但越是挑戰就越可能成功。發明大王愛迪生在發明白熾燈泡時，為了找出適合通電的燈絲，光植物就試了近 6000 種素材。「挑戰次數」正是「成功的種子」，還請大家多多播種吧。

道楽息子に妹の意見
妹妹給敗家子出意見

哥哥去讀書吧？
明天不是要考試？

沒問題啦　沒問題啦

意思 毫無功效、完全沒用。

連爸媽的意見都不聽的兒子，怎麼會聽妹妹的話呢。

持續做一件事的人有兩種，一種是聽進別人意見每天慢慢改變、成長的「不屈不撓型」，以及不聽意見每天重蹈覆轍的「任性頑固型」。周遭的人會成為「協力者」還是「阻礙」，或許全憑自己的心態。

年が薬
<ruby>年<rt>とし</rt></ruby>が<ruby>薬<rt>くすり</rt></ruby>

年老是藥

我覺得小浦
穩重一點比較好…

變成老爺爺了！

意思 上了年紀較能深思熟慮、明辨是非。

　　第一次看到雪、第一次遠足、第一次戀愛、第一次喝酒……年紀越大這些「第一次」就越來越少，然後任何事都能憑藉至今為止的經驗達到某個程度，開始發現「安全之道」和「不會失敗的方法」。不過要是整天待在安逸的環境中也很無趣吧。江戶時代為了繪製日本地圖而踏上測量旅途的伊能忠敬，啟程時已經 55 歲了。真想像他那樣不論到了幾歲都勇於挑戰「第一次」呢。

哪邊?

有些諺語使用了幾乎相同的詞,但要表達的意思不同甚至完全相反。其中與酒有關的諺語稍微多了些……那麼你是哪一派呢?

酒は百毒の長
酒為百毒之長

▶ 酒比什麼毒都更危險。

酒は百薬の長
酒為百藥之長

▶ 適量飲酒對身體比什麼藥都好。

酒是毒是藥,重點就在「適量」與否。

只より高い物はない
免費貴於一切

▶ 白拿他人給予的東西還得花費心力思考回禮,結果付出更高的代價。

只より安い物はない
便宜不如免費

▶ 免費拿到的東西最便宜。

贈送東西給自己的人是什麼心態呢……有人可能想要回禮,有人真的是好意,動機不同結論也不會相同。

飲まぬ酒には酔わぬ
不喝不會醉

▶ 沒有原因就沒有結果。無風不起浪。

飲まぬ酒に酔う
不喝也醉

▶ 心中沒有頭緒,卻發生事與願違的結果。

不曉得大家有沒有聽過拿冰水給酒醉的人,跟他說「這是兌水的酒」結果對方喝完反而更醉的趣聞?不論工作還是家庭,都很常發生「不喝也醉」的事情呢。

吐いた唾は呑めぬ
吐出的口水吞不回來

▶ 一言既出駟馬難追，說出口的話收不回來，必須謹言慎行。

吐いた唾を呑む
吞下吐出去的口水

▶ 出爾反爾，推翻自己之前說過的話。

言而無信一般會被認為「不守信」、「優柔寡斷」而遭致厭惡。不過也有人細心傾聽身旁意見才改變想法，這時可能就會被認為是「頭腦靈活」的人。

話し上手の聞き下手
善言不善聽

▶ 能言善道者只會一直述說，不懂得傾聽別人。

話し上手は聞き上手
善言必善聽

▶ 能言善道者也善於傾聽別人。

應該說「善言不善聽」的人是「善於說話」的人，而「善言必善聽」的人是「善於溝通」的人才是。

泥鰌の地団駄
泥鰍跺腳

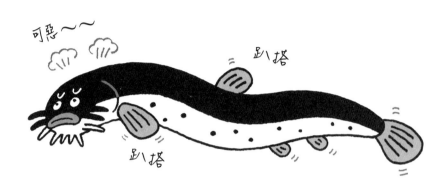

意思 不自量力反抗強者。

　　另外還有「鱓の歯軋り」（魚乾切齒）這個同義詞。「鱓」是一種將日本鯷曬乾後做成的魚乾。

　　泥鰍棲息於小川、沼池與水田中，10 根觸鬚可以感測獵物，以藻類、孑孓等為食，天敵是鳥類與田鱉等等。牠們能扭曲身體鑽入泥中逃跑，或藉由身體黏液躲避天敵的襲擊。

隣は火事でも先ず一服
隔壁火災先抽菸

意思 **再忙也要休息。**

另外還有「親が死んでも食休み」（喪親時飯後也得休息）這句意思相同的諺語。

譬如有緊急的工作要在 2 天後提出資料，此時若是熬夜拚命，可能隔天就想睡得無法工作了。與其如此，不如回家休息隔天早點來上班還比較有效率。為了交出好成果，休息也是必要的（雖說火災時還是別這麼做比較好）。

飛ぶ鳥の献立
飛鳥的菜單

這是那隻鳥的菜單

MENU
・炸雞塊
・脆皮炸雞
・烤全雞

意思 都還沒拿到手就開始計畫。

還有「捕らぬ狸の皮算用」（狸貓未捉先算皮價）這個同義詞。

大家聚在一起總會熱切討論「將來想成為〇〇」之類的話題。夢想會成為「空想」還是「現實」，端看是否訂立了具體的計畫並實行。如果被問到為此做了什麼卻答不出來是不行的，認真追夢的人，其實都已經走在付諸實行的路上。

取らずの大関
話取大關

那來比賽吧!

我如果認真相撲馬上就成為橫綱了。

下一次吧

意思 不露身手卻自以為是的人。

　　自己明明不相撲卻說自己有多強，這種話誰都不會信的。「說什麼」雖然重要，但是「誰來說」更會讓話語的輕重大不相同。為了成為有說服力的人，必須累積經驗、留下成果、積極討論……總之就是要行動，不能光說不練。

　　「大關」是相撲力士的階級之一，在橫綱之下。在明治時代確立橫綱這個階級前，大關是相撲中最高的階級。

と

117

虎に翼
とら つばさ

如虎添翼

と

啊哈哈
哈哈哈

!?

意思 強者得到更強的力量。

老虎與獅子及豹相同，都是貓科動物。身上黑色的條紋有利於捕獵，當老虎躲在林蔭時條紋可以起到模糊輪廓的效果。老虎是亞洲森林與灌木的貓科動物中最大的物種，在亞洲也作為力量與權威的象徵而為人所知。雖然老虎給人兇猛的印象，但是狩獵成功率相當低，約只有一成左右。

「鬼に金棒」（給鬼狼牙棒）也是意思相同的諺語。
おに かなぼう

鳴かぬ蛍が身を焦がす
靜螢焚身

比起話語
我更喜歡用行動示愛

閃

閃

閃

意思 不開口的人心意更深。

　　也說成「鳴く蝉より鳴かぬ蛍が身を焦がす」（鳴蟬不如靜螢焦焚己身），形容的是「蟬會鳴叫抒發心意，不鳴叫的螢火蟲則是將愛深藏心中，致使身體如燃燒般發亮」。

　　其實螢火蟲是靠身體裡的化學反應發光，並不會發熱。日本常見的源氏螢與平家螢，其卵也會發光，不過在日本的約 50 種螢火蟲中，成蟲可以明亮發光的僅有 15 種。

夏歌う者は冬泣く
夏天歡唱者冬天哀泣

意思 該工作時不工作會導致生活困頓。

　　蟋斯夏天不工作，冬天就因為沒有食物而發愁；夏天腳踏實地儲備糧食的螞蟻，到了冬天就能安心過日……這則諺語與伊索寓言的《螞蟻與蟋斯》一模一樣。螞蟻或許是理解了冬天幸福度日的滋味。考試前才慌慌張張臨時抱佛腳、借筆記的人若能體驗一次腳踏實地拿出成果的喜悅，可能就不會像蟋斯一樣感到困擾了。

海鼠の油揚げを食う
吃炸海參

意思 喋喋不休。

　　諺語的意思是「海參已經很滑溜了，油炸過後吃下去就更油嘴滑舌了」。

　　海參平時柔軟，一遇到刺激就會變硬以求自保；如果受到更強的刺激還會把內臟吐出體外當成誘餌，自己則趁機逃走，而且吐出去的內臟還會再生。能變軟變硬還能吐出內臟……與外表不同，海參真是多才多藝的生物。

蛞蝓の江戸行き
蛞蝓去江戶

加油——

嗯咻 嗯咻

意思 **事情進展不順利。**

　　也說成「蛞蝓の京詣り」（蛞蝓上京）。緩慢爬行的蛞蝓若想去江戶或京都，那可真是前途茫茫令人擔憂了。蛞蝓身體約 90% 是水分，跟蝸牛是近親，不過因為殼已經退化，所以會時常分泌黏液避免乾燥。順帶一提撒鹽在蛞蝓上會變小，是因為鹽吸收了蛞蝓的水分。「蛞蝓に塩」（對蛞蝓撒鹽）就是在形容人垂頭喪氣，碰到不喜歡的事龜縮成一團的樣子。

な

なんでも来^こいに名人^{めい じん}なし
萬事皆通者無能手

意思

什麼都能做到的人做任何事都是半吊子，沒辦法精通。

「多芸^{たげい}は無芸^{むげい}」（博藝即無藝）也是意思相同的諺語，形容人樣樣通樣樣鬆。

然而李奧納多‧達文西這位偉人卻推翻了這句諺語。他15歲學畫，老師對他的天賦感到驚奇，甚至從此放棄繪畫。李奧納多除了繪畫外，雕刻、建築、音樂、數學、科學、解剖學、植物學等等領域無一不精，堪稱萬能，體現了「窮究一物也能用於萬物」的道理。反過來說，嘗試各種經驗或許也能從中找到可以精通的事物。

123

握れば拳　開けば掌
にぎ　　こぶし　　ひら　　てのひら

握緊是拳，打開是掌

生氣大吼
「你在幹什麼!」

安撫他
「下次再加油!」

嗚嗚嗚

笑嘻嘻

意思 事情好壞由心態來決定。

　　發生同一件事，每個人感覺都不同。譬如便利商店的店員如果慢吞吞的，有些人會覺得不耐煩，有些人會覺得店員很辛苦而慢慢等他，這之間的差異就在於是否能抱持「同理心」。若能站在對方的立場思考，握緊的拳頭自然就會張開。英國劇作家莎士比亞曾留下這句話：「感同身受讓全世界成為家人。」

人参で行水
にん じん　ぎょう ずい

用人參洗澡

呼…都治好了

意思 接受最棒的治療。

　　形容「昂貴的高麗參服用到像在洗澡一樣」。

　　高麗參自古就是維持健康、增強免疫力的的著名中藥材。日本的長野縣、福島縣、島根縣也都有栽種。

　　順帶一提，中醫學在古代就已傳進日本，日文稱為「漢方」。不過這個名稱其實是江戶時代為了與興盛的西醫「蘭方」區別才創造的詞。

盗人の寝言
ぬすびと　ねごと

小偷的夢話

意思

壞事因為某些契機敗露。

　　據說人在做夢時會將腦中的記憶隨機拼湊起來形成一連串故事。睡眠中大致分成「快速動眼期」與「非快速動眼期」，這兩種睡眠會反覆輪流，不過尤其在快速動眼期時能看到故事性較強的夢，甚至有研究指出眼球的轉動其實是在注視夢中的影像。如果夢境如此逼真，那麼不小心說出夢話也是無可奈何的吧？

盗人の昼寝
小偷睡午覺

意思 乍看之下悠閒自在，其實別有用心。

另有「為了做壞事偷偷進行準備」的意思。

午休的西班牙語為「siesta」，指的不只是睡午覺這個動作，也指稱了午休這個文化習慣。下午 1 點之後是全天最熱的時間帶，此時最好休息 2～3 小時；這樣的習慣也傳進了西班牙語圈超過 30 個國家。順帶一提似乎有研究指出「一小時以上的午睡會增加罹患心肌梗塞與失智症的風險」，雖說可以睡這麼長的大人並不是很多啦⋯⋯。

強盜、小偷

小偷雖然是壞蛋，但在諺語中總是迷迷
糊糊的，令人會心一笑。

稲荷の前の昼盗人
稻荷神前的晨盜人

▶ 不怕天譴的無恥之徒。

形容即使在稻荷神社前還敢大搖大擺光天化日下偷東西，一點也不怕遭到天譴的
壞人。

泥棒が縄を恨む
小偷恨捕繩

▶ 明明自己做錯卻憎恨處罰自己的人。

如果把恨意說出來那就是「見笑轉生氣」了。
另有「盗人の逆恨み」(小偷反恨)等同義詞。

盗人が盗人に盗まれる
小偷被小偷偷

▶ 人外有人，天外有天。

盗人も戸締まり
盜賊也關門窗

▶ 人就算加害別人，自己卻不想成為被害者。

盗人を捕らえて見れば我が子なり
捉賊見兒子

▶ 發生意料外的事而變得茫然，
手足無措。

諺語透過「5、7、5」的韻律趣味地把這
副情景表現出來。另外有「身邊的人也不能
大意」的意思。

猫の魚辞退
ねこ　うお　じ　たい

貓推辭魚

明明內心想要，嘴巴上卻說「不需要」。

　　形容「貓婉拒了最愛吃的魚」，另有「事情不能長久持續」的意思。

　　是說貓真的喜歡吃魚嗎？貓與獅子、老虎等貓科動物相同，本來是肉食動物，或許只是日本人擅自認為貓「愛吃魚」而已。順帶一提貓的舌頭幾乎嚐不到甜味。

年齡

有各種不同諺語形容各個年齡，各位不妨試著比對看看。20 歲以後的諺語聽起來都蠻刺耳的……。

7

七つ前は神の子
七歲前是神子

▶ 7 歲前的孩子受到神的保護，不可以責備孩子的行為。

也說成「七歲までは神のうち」（七歲前屬神明）。

8

八つ子も癇癪
八歲孩子也會發火

▶ 即使是 8 歲左右的年幼孩子，只要有原因也會大哭表達意見。

「一寸の虫にも五分の魂」（一寸蟲五分魂）也是意思雷同的諺語。

我絕對沒有錯

17 18

十七八は藪力
十七八歲力可拔藪

▶ 17、18 歲的男孩子血氣方剛、力量強勁。

「藪力」指的是能把竹林裡深深扎根的竹子直接拔起來的力量。

20

二十過ぎての意見と
彼岸過ぎての肥はきかぬ

二十歲後給意見與彼岸後才施肥同樣沒用

▶ 給過了 20 歲的孩子提意見是沒有用的。

「彼岸後才施肥」意思是都過了彼岸這個時節才給麥子施肥已經太晚了。人年紀越大，就越不容易傾聽別人的意見。希望大家能成為「有信念的人」保持心態靈活，而不是成為「頑固的人」任性妄為。

三十の尻括り
三十包辦一切

▶ 到了 30 歲能開始自己思考、做出判斷，過上腳踏實地的生活。

「尻括り」指的是連事情如何善後都考量到的周密心思。

四十がったり
四十走下坡

▶ 到了 40 歲體力會大幅下滑。

「がったり」的意思是快速衰落的樣子。

六十の手習い
六十學寫字

▶ 上了年紀開始讀書、學習新知。活到老學到老。

也能說成「七十の手習い」、「八十の手習い」。

八十の三つ子
八十如三歲小孩

▶ 年紀大了會變得像 3 歲小孩一樣天真無邪，或變得不會明辨是非。

也能說成「六十の三つ子」、「七十の三つ子」。

鼠壁を忘る
壁鼠を忘れず
老鼠忘了牆，牆不忘老鼠

你1年前
對我開了洞吧！

早忘啦～

意思 即使加害者忘了，但被害者不會忘記傷害。

「借的東西忘記還」、「說要聯絡結果也沒聯絡」……就算自己覺得沒什麼的事，別人也可能在意很久。若察覺到了，就是你挽回的機會。

順帶一提約 5000 種的哺乳動物中，有一半的物種都是齧齒目。齧齒目的動物上下各有兩顆堅固的門牙，直到死前都會不斷生長；「齧」即是啃咬的意思，「齧齒」意味著他們要靠啃咬的方式不斷將門牙磨短。

能なしの能一つ
のう　　　　　　のう ひと

無能者有一能

不擅念書
討厭運動

但是很會翻花繩

意思 看起來毫無用處的人也至少有一個優點。

「愚者も一得」（愚者亦有一得）、「馬鹿にも一芸」（笨蛋
也會一招）也是意思相同的諺語。

　為了塑造自己的特色大致有兩個方法，一個是進行各種挑戰
找出「跟別人不一樣的特技」，另一個是「專注一件事做得比任
何人都多」。即使是每個人都會做的事，只要大量練習、窮究到
底也會成為了不起的個人特色。有句話說「質大於量」，不過質
大抵上也是從量累積而來。

133

蚤の小便 蚊の涙
跳蚤小便，蚊子眼淚

看不到——

夏天結束了
好難過——

嗚嗚

蚊子

尿出來了

流

跳蚤

意思 微不足道。

　　跳蚤是約 1 ～ 3mm 左右的昆蟲，沒有翅膀，成蟲後雌雄都會吸食動物的血。跳蚤的跳躍力強達身長的數十倍，能偵測動物排出的二氧化碳、熱以及光。蚊子則是擁有 3000 多個種類以上的昆蟲，其中有四分之三會吸食人血，吸血的全都是雌蚊。此外，有些蚊子會傳播瘧疾等傳染病。

　　「雀の涙」（麻雀眼類）也是意思相同的諺語。

灰を飲み胃を洗う
飲灰洗胃

意思 承認過去的錯誤，洗心革面成為好人。

中國古代曾有位皇帝將犯了罪的官員押入大牢，過了一段時間皇帝派大臣去探視他，知道這位官員非常自責，若能得到原諒甚至可以吞刀刮腸、飲灰洗胃，皇帝便釋放了這位官員。

這裡說的灰是將草木灰泡在水中分離出的清澄鹼液（灰汁），可以用來去除污垢。能做到的話大家都想用灰汁把心中的汙垢擦乾淨吧。

135

馬鹿があればこそ
利口が引き立つ
蠢蛋襯托聰明人

大家都考100分感覺很空虛…

意思 正因為有笨蛋，聰明伶俐的人才更醒目。

　　諺語表達的是「世界上有笨跟聰明等形形色色的人，彼此才能互補合作」的意思。

　　如同沒有輸家就沒有贏家，正因為有拿不出成績的人，所以成功的一部分人才會如此耀眼。雖然有些人認為「不要與人比較」，但也有人認為透過與人比較才能知道「自己擅長什麼」、「自己喜歡什麼」。有時候把「優越感」化為「成就感」人就會隨之成長。

笨蛋、傻子

日常生活中關東多用「馬鹿（ばか）」，關西用「阿呆（あほう）」來形容笨蛋。另外將「阿呆（あほう）」簡稱為「アホ」也很常見。

阿呆（あほう）の三杯汁（さんばいじる）
傻子連喝三碗湯

▶ 嘲笑喝湯連喝好幾碗。

意思是喝湯多喝兩碗是常識，喝到三碗就是不懂常識的笨蛋，不過實際上還得視情況而定呢。也能說成「馬鹿（ばか）の三杯汁（さんばいじる）」。

再來一碗！

一度見（いちどみ）ぬ馬鹿（ばか）　二度見（にどみ）る馬鹿（ばか）
一次都沒看是笨蛋，看兩次也是笨蛋

▶ 1 次都沒看會跟不上話題，但也沒必要看 2 次。

也能說成「一度見（いちどみ）ぬ阿呆（あほう）　二度見（にどみ）る阿呆（あほう）」。

正直（しょうじき）は阿呆（あほう）の異名（いみょう）
誠實是笨蛋的別稱

▶ 誠實的人腦袋不靈活，等同愚笨的人。

另外還有「正直（しょうじき）は馬鹿（ばか）の本（もと）」（誠實為笨蛋之本）、「正直（しょうじき）も馬鹿（ばか）のうち」（誠實亦屬笨）等意思相同的諺語。對任何事都老實說出來有時候會傷害別人……可謂是「嘘（うそ）も方便（ほうべん）」（說謊也是權宜之計），為了讓事情能順利進展，說謊有時也是必要的手段。

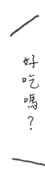

好吃嗎？

嗯～不怎麼樣

這っても黑豆
爬的也叫黑豆

意思 **即便知道是錯的卻不承認。強詞奪理。**

　　人一旦起爭執就很難拉下臉來，但如果始終不認錯，可能就再也不被對方認同了。

　　順帶一提正月料理中常見的黑豆其實是大豆的品種之一，又稱為「黑大豆」、「葡萄豆」，營養價值與一般大豆沒有什麼差別。皮含有一種多酚稱為「花色素苷」，不僅是天然色素，也具有很強的抗氧化功效。

鳩を憎み豆を作らぬ
恨鴿不種豆

鴿子都把豆子吃光光，我不種了！

別這麼說快種啦

咕咕～

意思 執著在無聊的事情上不願做該做的事，結果自己與身邊的人都吃虧。因噎廢食。

　　就因為鴿子會吃豆子而不願種豆，到頭來損失的還是自己。如果心中有著「憤怒」、「憎恨」等負面情緒，就先暫且冷靜下來，以免被當時的情緒牽著走。持續下去就能完成的事若因一時情緒而放棄實在是非常可惜。

　　順帶一提，日本常見的鴿子是「野鴿」（ドバト）。這些鴿子是原先棲息於河灘上的原鴿（カワラバト）被人馴養成為家鴿後，重新野化後的品種。

專欄
column25
鼻子、味道

「におい」（味道）寫成不同漢字「匂い」跟「臭い」，給人的印象大為不同。有調查結果指出職場上最希望別人改善的儀容問題第一名就是「體臭」。

雲を掴んで鼻をかむ
捉雲擤鼻

▶ 絕對不可能。

雲是上升到天空中的水蒸氣冷卻形成的水滴、冰粒集合體。若真的用來擤鼻子說不定會塞住喔？

七皿食うて鮫臭い
吃七盤才嫌鮫臭

▶ 吃了一大堆才嫌難吃。

「都吃完七盤才嫌料理有鯊魚肉的臭味」的意思。順帶一提鯊魚肉有獨特的氨臭味。

鼻糞丸めて万金丹
搓鼻屎當仙丹

▶ 嘲諷沒有藥效。

「万金丹」是據說有解毒等療效的一種漢方藥。

鼻毛を抜く
拔鼻毛

▶ 解讀對方的心思並欺騙對方。

被欺騙時可以反過來說「鼻毛を抜かれる」（被拔鼻毛）。

鼻毛を読む
讀鼻毛

▶ 女性看穿迷戀自己的男性，將其玩弄於股掌間。

還有「鼻毛を数える」（數鼻毛）這句意思相同的諺語。從男性視角來看被玩弄的狀況則稱為「鼻毛を読まれる」（被讀鼻毛）。

鼻の先の疣疣
鼻尖的疙瘩

▶ 雖然礙眼但也不能幹嘛。

同義詞是「目の上の瘤」（眼睛上的瘤）

花の下より鼻の下
花下不如鼻下

▶ 比起風雅，實際利益更重要。

諺語意思是「與其在花下觀賞美麗的事物，不如讓鼻子下面的嘴巴吃飯。」跟「花より団子」（賞櫻不如吃糰子）一樣意思呢。

好像很好吃

鼻をかめと言えば血の出る程かむ
擤鼻擤出血

▶ 為了違抗別人對自己的指示，乾脆做得過分許多。

目から鼻へ抜ける
入眼通鼻

▶ 馬上就理解了。才智出眾。

另外還有「目から耳へ抜ける」（入眼通耳）這句諺語，形容只有看過而記不住，不能理解。通哪個器官結果完全相反呢。

懂嗎? 懂嗎?

懂了

我が糞は臭くなし
自己的屎不臭

▶ 自己的缺點自己難以發現。

鼻糞で鯛を釣る
はな　くそ　　たい　　　つ

鼻屎釣鯛

釣不到

嗯？

癢癢

什麼？那個人拿鼻屎當餌？

騙人！

真走運！

は

意思

用小東西換取巨大的利益。一本萬利。

　　意思同樣的「蝦で鯛を釣る」（以蝦釣鯛）更為人所知。
えび　たい　つ

　　鯛魚被稱為「魚中之王」，有吉祥之意。七福神之一惠比須右手拿釣竿，左手抱的就是鯛魚。

　　順帶一提稱為「紅金眼鯛」的魚是金眼鯛目金眼鯛科，跟鯛魚（鱸形目鯛科）並非近親。日本稱為「○○鯛」的魚有300多種，然而其中棲息於日本的鯛魚近親只有13種而已。

蛤蜊

蛤蜊的日文「ハマグリ」的由來眾說紛紜，有「像栗子的貝（浜栗）」或「海濱邊小石頭般的貝」等等說法。蛤蜊富含營養也美味，已知繩文時代的先人就已開始食用蛤蜊。

真懷念天座

雀海に入って蛤となる
雀入水為蛤

▶ 事物常發生意料外的變化。

古代中國流傳秋末之際鳥雀會在海邊嬉鬧，最後化為蛤蜊的說法。俳句裡「雀化為雀蛤」也是晚秋的季語，如小林一茶「蛤に　なる苦も見えぬ　雀かな」（飛雀不見成蛤苦）這首俳句。

その手は桑名の焼き蛤
那招是桑名烤蛤

▶「不吃你這套」的意思。

這個雙關謠語用了「食わない」（不吃這套）跟三重縣「桑名」的諧音，再加上桑名特產「烤蛤蜊」。

畑に蛤
田裡蛤蜊

▶ 不可能，搞錯方向。

不配合目的行動只會白費努力。微軟創辦者比爾·蓋茲曾說過「成功關鍵是不失去目標。」

我想回海中

蛤で海をかえる
蛤蜊換大海

▶ 不可能，白費功夫。

這裡的「かえる」是「換取」。跟「大海を手で塞ぐ」（手填大海）意思相同。

肚子

「肚子」不只用來指身體的一部分，還有「腹が減る」（肚子餓）、「腹が立つ」（一肚子氣）等等形容其他狀況的語詞。這邊特別介紹與「生氣」有關的諺語。

言わねば腹ふくる
話不出口，肚子脹氣

▶ 如果把想說的話忍住不說，心情就不爽快。

謊語的意思是「如果忍耐不抱怨，就跟吃太飽肚子撐著一樣很不舒服」。

聞けば聞き腹
聽了一肚子火

▶ 不知道就算了，一旦知道就令人火大。

另有「聞けば気の毒　見れば目の毒」（耳不聽為清，眼不見為淨）這句同義詞。人總是不想經歷「沒聽到就好了」、「沒看到就好了」這種後悔呢。

腹が立つなら親を思い出せ
生氣先想起父母

▶ 生氣時就想起父母的臉壓抑怒氣。

若憤怒不已時能想像父母因為自己引發事件而感到悲傷的臉，應該可以稍微緩和自己的怒氣吧。也能說成「腹が立つなら親を思い出すが薬」（生氣想起父母為良藥）。

為了媽媽我要忍耐！

腹立てるより義理立てよ
與其勃然大怒不如給盡人情

▶ 生氣沒有什麼意義，盡到情義才是最重要的。

贔屓の引き倒し
ひいき ひ たお
偏袒反害人

意思 **太過偏坦人反而為他招致不好的結果。**

　　偏袒喜歡的人、給對方更多關懷，某種程度上也是沒辦法的事，但要是做得太露骨反而會為他四處樹敵，使負面情緒全部傾瀉在得到特別照顧的人身上，成為千夫所指的對象。若無其事地給予幫助，將偏袒控制在其他人都覺得「這也沒辦法」的程度是最明智的。或許所謂「公平的人」其實是「精於偏袒的人」也說不定。

干潟の鰯
<ruby>干<rt>ひ</rt></ruby><ruby>潟<rt>がた</rt></ruby>の<ruby>鰯<rt>いわし</rt></ruby>

沙灘上的沙丁魚

ひ

讓我說一句…好難受

意思 **束手無策，一籌莫展。**

　　形容退潮後沙丁魚被留在沙灘上的樣子。魚上了岸可就毫無用武之地了。

　　沙丁魚有曬乾、烹煮、鹽烤、加工食品等各式各樣的調理方法。最具代表性的是斑點莎瑙魚，會在海中形成巨大壯觀的魚群。1988 年佔有日本總漁獲量約 4 成，然而後來急遽減少，到了 2005 年只有高峰時的 1% 以下。

鬍子

據說鬍子每天會長長 0.2 ～ 0.4mm 不等。秋天時長得較快，到了冬天就開始變慢，直到春天又回復原先的生長速度。

食わぬ飯が髭に付く
無食之飯黏鬍鬚

▶ 沒有事實根據的罪，莫須有的指控。

「明明沒有吃飯飯粒卻黏在鬍鬚上，被懷疑偷吃了飯」的意思。

奇怪？

髭の塵を払う
拂擦鬍塵

▶ 對長輩或權貴拍馬屁。

由來是中國宋代丁謂這個人與宰相聚餐時，擦掉宰相鬍鬚沾上的湯汁來拍馬屁的故事。順帶一提丁謂當時被宰相譏諷「不用做到這份上」，羞憤了很長一陣子。

竜の髭を蟻が狙う
蟻拚龍鬚

▶ 弱者不自量力向強者挑戰。

還有「蟷螂の斧」（螳臂擋車）這句同義詞，形容螳螂對任何對手都擺動地那像是斧頭般的前足應戰。

嗯？

看招——

膝っ子に目薬
<ruby>膝<rt>ひざ</rt></ruby>っ<ruby>子<rt>こ</rt></ruby>に<ruby>目薬<rt>めぐすり</rt></ruby>

膝傷點眼藥

意思 沒有意義，搞錯重點。

　　除了悲傷、感動的時候以外，其實淚腺也隨時在分泌眼淚。眼淚會透過眨眼聚集在內眼角，最後流進喉嚨中，這也是為什麼點眼藥水會嚐到味道的原因，因為眼藥水與眼淚混合流進了喉嚨；如果點完眼藥水就馬上快速眨眼，很快就會流進喉嚨裡使眼藥水毫無功效（正是「膝傷點眼藥」呢）。據說點完眼藥水暫時閉起眼睛，或是輕輕用手按壓內眼角是比較好的作法。

人は陰が大事
人重背地事

丢
反正沒有人在看
接
ORANGE
我看著喔

意思 即使在無人看見的地方也要謹言慎行。

　　有三個原則「あ・し・た」使人行動，分別是「愛情」（愛情）、「〆切」（截止日）以及「他人の目」（他人目光），尤其他人眼光就像監視一般讓人繃緊神經，不過真正的勝負是在沒有他人目光的時候。被稱為「汽車大王」的福特汽車創辦人亨利‧福特留下了這句話：「品質就是即使沒有人監督，也要踏踏實實地做好」……沒有人看著的時候，品格與自信才能茁壯。

人を呪わば穴二つ
咒人者先挖二穴

被詛咒者之墓

詛咒者之墓

呼…

意思 加害他人終會反噬自己，害人害己。

意思是「咒殺別人自己也可能會被咒殺」。

打算說謊、惡作劇時，自己也往往會遭到相同的報應。相反地若想著為他人好、取悅他人，就能得到他人給予的喜悅。也就是說「自己的態度」就代表著「對方的態度」。這麼說來受惠於別人的人，一定也是施惠給別人的人吧。

ひ

百日の説法 屁一つ
ひゃくにち せっぽう へ ひと

百日講經屁一個

那麼這樣就結束這百日以來的講經了

剛剛放屁了

噗

意思 長時間的辛苦因為一點疏失而白費，功敗垂成。

「說法」（講經）是佛教中講解經典、教義的手段，諺語意思是「講經百日如此難能可貴，最後卻因為一個屁全糟蹋了。」下足工夫、長時間培養出來的信任，只要一瞬間就可能全部毀掉。

日本有 7 萬間以上的寺院，和尚超過 30 萬人。江戶時代幕府曾整建過寺院制度，因此東京都內寺院很多，超過 2800 間以上（京都府有 3000 間以上）。第 1 名則是愛知縣（4500 間以上）。

昼の化け物
白天的鬼怪

[意思] 不合時宜，不可能。

鬼怪大白天跑出來總覺得有點掃興呢。

日本夜晚最長、白天最短的日子稱為「冬至」（12月22日左右），這一天白天的時間約只有 9～10 小時。

順帶一提，若前往北極或南極附近，就會出現整天都太陽高掛的永晝或整天太陽都消失的永夜現象。若是永夜，那麼鬼怪不論何時出現似乎都合情合理了呢。

貧窮

幼時貧窮的喜劇之王卓別林說過：「我從不認為貧窮是好事，從不認為貧窮能提升人的品性」……金錢實在很重要啊。

居ない者貧乏
不在場者窮

▶ 不在場的人容易吃虧。

你是否有過在你不知道的時候事情進展快速，或是該拿到的東西沒有拿到等等，因為沒露面而吃虧的經驗？當人們聚集在某地一起做決定時會產生連帶感，因此盡量出席重要集會，增進彼此團體意識吧。

那件事沒聽說過啊！

OMG

隣の貧乏 鴨の味
隔壁貧窮如鴨美味

▶ 幸災樂禍。

形容「隔壁若是貧窮，感覺就像在吃美味的鴨子一樣暢快」的心態。
也說成「隣の貧乏 雁の味」（隔壁貧窮如雁美味）。

貧乏に花咲く
貧窮會開花

▶ 即使現在貧窮，總有一天能變得富裕。

我們跟困苦時一起度過難關的人會產生很強的羈絆。日後聊到往事，一起說著「那個時候真辛苦呢」，也不失為一段美好的時光。

只有這些真抱歉

沒關係啦

富士山

今日的富士山形成於約1萬年前的火山活動。由於富士山是日本第一高山（3776m），因此諺語中常用來形容「龐然大物」。

来て見ればさほどでもなし富士の山

登觀富士亦不過爾爾

▶ 實際見到言過其實的事物才發現沒什麼大不了的。

意思是「來到富士山一看，才發現也不是什麼多雄偉的山」。「5、7、5」的音韻好記又朗朗上口。

不要這麼說嘛

富士の山ほど願うて蟻塚ほど叶う

求若富士，成若蟻巢

▶ 不論有多少願望，能實現的終究只有一小部分。

「蟻塚」是螞蟻用土堆積起來的一種巨大蟻巢。

富士の山を蟻がせせる

螞蟻掏富士山

▶ 無能的人有勇無謀，卻打算做大事。

也有「紋風不動」的意思。「せせる」是戳並挖開的意思。即便周遭的人覺得輕率魯莽，不過只要真心想做就該勇往直前。知名女演員奧黛麗‧赫本曾留下這句話：「不論他人怎麼想，我就是我。我只是走在自己的道路上。」

哼～

要上囉

鮒の仲間には鮒が王
鯽魚裡鯽魚為王

意思 低劣的人聚集起來，也只有低劣的人會成為領導者。

　　據研究其實工蟻中的 2 成並不工作。另外還有「個別觀察勤勞的螞蟻 30 隻與懶惰的螞蟻 30 隻，發現兩群螞蟻中都有 2 成螞蟻不工作」、「當勤勞的螞蟻停止工作時，懶惰的螞蟻就開始工作」等有趣的研究結果。或許這世上就是即使優秀的人聚在一起也會出現懶惰鬼，差勁的人聚在一起也可能出現優秀的人。

ふ

冬の雪売り
冬天賣雪

您要不要買
冰冰的雪啊

意思 賣四處都有的東西不會有人買。

　　以前鋁的價值與金或銀同等貴重，但能夠大量生產後變得普及，價值也大幅滑落（現在還用在 1 圓硬幣呢）。也就是說，物品的價值取決於是否稀少，物以稀為貴。若各位感覺自己懷才不遇，那麼與其勉強改變自我性格，不如尋找自己能成為「稀有」的地方亦不失為一個好方法。

分分に風は吹く
ぶん ぶん　　　　かぜ　　　ふ
各自吹各自的風

意思 人可以順應各自的立場、狀況與能力活出自己的特色。

　　將雷鬼音樂推廣到全世界的牙買加歌手巴布‧馬利年幼喪父，與母親一同住在貧民街，然而這段經歷化為他音樂生涯的養分，使他最後成為了「雷鬼教父」。他曾留下這句話：「去愛自己活過的人生，去活在自己所愛的人生中。」

　　現在發生的、現在擁有的，全部都是你邁向明天的糧食。

屁含有硫化氫，所以會覺得屁有硫磺味。順帶一提人體中約 0.25% 的成分由硫組成。

線香も焚かず屁もひらず
不燒香不放屁

▶ 沒有明顯優缺點，非常平凡。

「既沒有香那般風雅的香味，也沒有屁那樣的臭味」的意思。

屁と火事は元から騒ぐ
屁與火災由本人起鬨

好像有點臭

噗～

▶ 一開始喧嘩的人往往是罪魁禍首。

最先說「感覺很臭」的往往就是放屁的人，這就跟起火處的人先喊「火災！」是一樣的道理。

屁一つは藥千服に向かう
一屁抵千帖藥

▶ 放屁對健康很好。

放 1 次屁有著吃 1000 次藥的功效……這句諺語難得正面看待放屁這件事。的確，忍住放屁對身體不好呢。

屁を放って尻窄める
放屁縮屁股

▶ 失敗後才急急忙忙掩飾。

放了屁才縮緊肛門已經太遲了……不過還是會忍不住想像那夾緊屁股的模樣。

下手が却って上手
笨拙反而高明

意思

自覺笨拙的人會細心做事，反而比擅長的人做得更好。

　　若自覺自己做不到就會奮力工作、積極採取行動，因此能將別人的建議聽進去飛快地成長。另一方面擅長的人自認能做到，反而會因大意無法發揮實力，或認為自己的做法最好而執迷不悟。只發揮50%實力的高手，很快就被雖然還不熟練但發揮120%全力的人給追過去了。

下手の大連れ
笨蛋結伴

明天考試怎麼辦

大家一起讀書吧

好啊

我也要加入～

意思 沒什麼用的人最喜歡一大群人成群結隊湊在一起。

　另外還有「人多嘴雜，反而妨礙進展」的意思。

　想要「大家一起」做一件事時，會聚集一群「想要人幫忙」的人和「想互相提升自我」的人，將使團隊力量有明顯的落差。團隊合作雖然重要，但要小心太過習慣與他人一起做事，自己落單時可能會變得手足無措。

笨拙

雖然笨拙讓人感到辛苦，但同時也能感受成長的喜悅。因為辛苦而放棄挑戰，或許也親手放棄了成長的樂趣喔。

感心上手の行い下手
善於敬佩，拙於行動

▶ 光敬佩別人的話語或行為，自己卻什麼都不做。

明知道「做了絕對很棒」、「應該要做」卻始終沒有化為行動……這諺語聽起來很刺耳呢。

上手は下手の手本 下手は上手の手本
笨的榜樣是高明，高明的榜樣是笨拙

▶ 笨拙的人參考高手是理所當然的，不過高手也能參考笨拙的人如何做事。

除了「怎麼樣才能做到」之外，了解「為什麼做不到」也是進步的關鍵。從任何人身上都有能學習之處呢。

下手の考え休むに似たり
沒有巧思無異於休憩

▶ 明明想不到什麼好主意，卻浪費時間思考。

即使沒有成果，事情想久了難免有種「我做到了」的錯覺。比起「長時間思考」，將時間分段「多次思考」才有機會改變視角，聯想到新的點子。

下手は上手の飾り物
笨拙如高明的飾品

▶ 正因為有笨拙的人，才能襯托高明的人。

病上手に死に下手
善病者拙於死

▶ 常常生小病的人反而長生。

蛇が蚊を呑んだよう
如蛇吞蚊

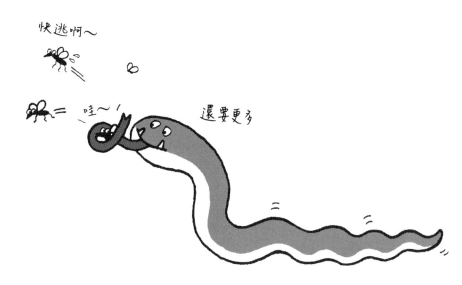

快逃啊～

哇～

還要更多

意思 不足以飽腹，感覺不夠。

蛇的眼睛只夠感覺到光，耳朵也幾乎聽不到，可是感應氣味與溫度變化的器官極為發達。蛇不斷吐舌是為了收集獵物的氣味。吞食比自己身體大的蛋等獵物時，可以藉由體內的突起壓碎蛋殼。

另有「蛇が蛙を呑んだよう」（如蛇吞蛙）這句諺語，比喻長形物體在中間脹起來的醜樣。

坊主の花簪
和尚的花簪

給你

ほ

意思 派不上用場的東西。

　「花簪」是用假花裝飾的髮簪，對頂上無毛的和尚來說沒什麼用處吧。

　再有價值的東西若不活用就只是「宝の持ち腐れ」（暴殄天物）罷了。長伴身旁的往往是「適合自己的東西」而非功能優秀的東西。

　「猫に小判」（給貓金幣）、「豚に真珠」（給豬珍珠）都是意思相同的諺語。

和尚、僧侶

日文中「坊主」指的是和尚或是光頭的人，也能像「いたずら坊主」（淘氣鬼）這樣用來形容小男生。一條魚都釣不到的人也可用「坊主」來形容。

嘘と坊主の頭は結ったことがない
謊言與和尚的頭都沒綁過

▶ 從來沒說過謊。

這是「ウソを言う」（說謊）跟「髪を結う」（綁髮）的諧音雙關。

小坊主一人に天狗八人
小男孩一人對天狗八人

▶ 力量差距太大。

寺から出れば坊主
出寺皆和尚

▶ 被這麼認為也無可奈何。

意思是「別人會認為走出寺院的人全都和尚也是沒辦法的。」

似合わぬ僧の腕立て
僧人憑腕力

▶ 說或做出與自己不相配的事。

這裡的「腕立て」指的是做事憑腕力、用拳頭說話的意思。不怎麼有機會看到倚賴力量的僧侶呢。

仏千人 神千人
ほとけ せん にん　　かみ せん にん

佛有千人，神有千人

意思 世界上不是只有惡人，也有許多善人。

　　諺語的意思是「世界上像神佛般好心的人非常多」，不過還有「味方千人敵千人」（盟友千人敵千人）這句諺語形容「即使夥伴很多敵人卻也不少」……或許在不同情境下，兩者都有可能是真的。

　　劇作家井上廈曾說過：「若世上真有神明，那麼一定是在說真正的朋友。」

仏の光より金の光
佛光不如金光

輸了⋯

閃——亮

錢錢大人～

意思 比起神佛的恩澤，人更容易受到金錢的誘惑。

也有「沒有比金錢更寶貴的事物」的意思。

金錢固然重要，但也不能為了賺錢汲汲營營，失去原本的目標。創作出《嚕嚕米》系列故事的作家朵貝・楊笙曾留下這樣的話：「關鍵在於知道自己想做的事」……金錢不過是為了達成夢想的「手段」。這麼說來，偶爾求神拜佛似乎也不錯？

ほ

166

法螺と喇叭は大きく吹け
法螺與喇叭吹大力點

明天天氣
似乎會下麻糬

哇——

哇——

麻糬!!

意思 既然要吹牛、說謊,乾脆說一個不會傷
害人的天大謊言。

「法螺」指的是法螺貝製成的號角,也用來借代形容「胡言
亂語」、「誇大其辭」。這句諺語用了同樣需要吹奏的喇叭來當
成雙關語。

提到「說謊」就想到 4 月 1 日的愚人節。1564 年時,
這一天在法國傳統上還是新年,然而由於法國國王將新年改至
1 月 1 日,憤怒的人們只好將這一天當成「假新年」慶祝、喧
鬧,成了今日愚人節的起源。

睫毛、眉毛

睫毛與眉毛具有保護眼睛的功用，也同樣影響外觀給人的印象。

近くて見えぬは睫
目不見睫

▶ 身邊的事物反而難以察覺。

睫毛離眼睛非常近，但的確看不到呢。另外還有「秘事は睫」（秘密如睫）等同義詞，形容秘密或秘訣就藏在身邊，只是我們沒有發現。

眉毛に火が付く
火燒眉毛

▶ 危險迫近。

念書、工作、家事等等，今天應該也有很多人過著火燒眉毛的生活吧？

眉毛を読まれる
遭讀眉毛

▶ 被別人察覺自己的心思。

對方對自己瞭若指掌，幾乎可數自己眉毛有幾根的意思。相反地若看穿對方的心思與想法，則可以說成「眉毛を読む」（讀眉毛）。

眉を開く
眉開眼笑

▶ 不再擔憂，感到安心。

形容「本因憂愁而深鎖的眉頭逐漸舒展」的樣子。

目は毫毛を見るも睫を見ず
見毫毛而不見其睫

▶ 別人的小缺陷都看得一清二楚，但卻看不到自己的過失。

「毫毛」指的是纖細的毛。眼睛雖然看得見細毛，但卻看不到近在眼前的睫毛……像這種事在生活中很常見呢。

待つのが祭り
等待才是祭典

意思 等待的時候才是最快樂的。

　　諺語意思是「比起祭典當天，前一天的期待更有樂趣」。這或許跟「比起休假的星期天傍晚，平日的星期五晚上更令人興奮難耐」、「比起交往時，交往前更讓人心跳加速」是一樣的心境。說不定人性就是比起現在擁有的現實，覺得勾勒未來遠景更快樂得多。當然祭典本身還是令人開心的。

窓から槍
まど　やり

刺槍進窗

啊～
居然刺進來

刺

喵

意思 突如其來的事，意料之外。

　　說到「槍」最有名的便是「賤岳七本槍」。織田信長死於叛變後的隔年 1583 年，羽柴（豐臣）秀吉與柴田勝家在賤岳一帶交戰，史稱「賤岳之戰」。賤岳七本槍指的就是當時秀吉軍最活躍的 7 名武將（加藤清正、福島正則、片桐且元、加藤嘉明、脇坂安治、平野長泰、糟屋武則）。秀吉戰勝後走上統一天下之路，然而他死後七本槍中多數人都跟隨了德川；要是秀吉在天之靈知道此事，或許也會大嘆「刺槍進窗」吧？

ま

丸い卵も切りようで四角
圓蛋亦能切方

那形狀是怎麼回事？

我被切成四方形了！

意思 做同樣的事會因做法不同，產生順利進行或四處碰壁等不同結果。

後面有時候會接「物は言いようで角が立つ」（話語有圓有刺）。

譬如剛跳槽時就突然指責公司的缺點，不論再怎麼正確也會被認為囂張跋扈，遭人嫌棄。一開始先別急著說「想說的話」而先說「別人想聽的話」，才有機會發展成說話不用顧慮彼此的關係。畢竟這社會時常不是用「優劣」，而是用「好惡」來判斷人事物的。

味噌に入れた塩は
よそへは行かぬ
味噌之鹽不移他處

鹽現在還活在我之中...

意思 幫助別人最後能回饋到自己身上。

　　諺語的意思是「雖然看不見放進味噌中的鹽，但鹽確實調和了味噌的風味」。

　　在日本製造的味噌約有 8 成是米味噌，原料是米、大豆以及鹽。現在一般認為鎌倉時代的武士已經開始喝味噌湯了，到了江戶時代甚至有「医者に金を払うよりも味噌屋に払え」（付錢看病不如購買味噌）這句諺語。可說味噌已是生活中不可或缺的食物。

味噌も糞も一緒
味噌與屎都一樣

一樣嗎!?　　　騙人!?

意思 將內容、價值完全不同的事物混為一談，一概而論。

　　若只因為「感覺很像」從外表判斷事物，之後就會嚐到苦頭。先好好了解人的個性或物品的特性之後再化為行動是很重要的。

　　順帶一提據考究味噌在飛鳥時代（7世紀）傳入日本，「味噌」這兩個字首先見載於平安時代的資料，當時味噌還是平民無法隨意取得的貴重食品。

み

三たび肱を折って良医と成る
三折肱而成良醫

骨折就交給我吧

意思 經歷多次挫折失敗，才能成為偉大的人。

　　諺語的意思是「多次折斷自己的手臂，經歷苦痛與治療，進而成為優秀的醫生。」另外也有手臂是指別人手臂的說法。

　　樂聖貝多芬在 30 歲前就開始喪失聽力，但他仍不斷創作出一首又一首的偉大傑作，他曾說過：「人類最優秀處在於跨越苦難、抓住喜悅。」並非經歷過痛苦就能成功，只是現在留下輝煌成果的人，全部都是跨越痛苦的人。

蚯蚓が土を食い尽くす
蚯蚓吃盡土

意思 不可能發生，杞人憂天。

也有「蚯蚓の木登り」（蚯蚓上樹）這個說法。

實際上蚯蚓是先將土壤吃進體內，消化完土裡的營養後再將殘餘的土壤排出體外（所以不會吃盡土）。蚯蚓排出的土非常適合種植作物，而且蚯蚓的運動可以翻鬆土壤，糞便還能製成肥料。順帶一提蚯蚓沒有眼睛與耳朵（皮膚上有感光細胞）。

み

耳の正月
みみ　しょうがつ

耳朵的正月

那真是個
值得一聽的資訊

喔～
我是初次耳聞

1月2日做的夢
好像叫作初夢

意思 聆聽有趣的話題或音樂，有耳福。

「正月」是一年最初的月份，也用來指稱年初放假的時期。「元日」指的是１月１日，「元旦」特別指１月１日的早上（一般將「元旦」當成「元日」的同義詞）。

　　順帶一提「初夢」是１月１日或２日的晚上所做的夢。以前是指節分（２月３日左右）晚上到立春（２月４日）早上所做的夢，不過江戶時代後半漸漸演變成現在的含義。

昔の歌は今は歌えぬ
今日不唱昔日的歌

意思 古老的東西不適用於現在。

　　現在聽到以前的曲子會覺得「好老」，那麼現在流行的曲子在數十年後也應該會被認為是「老歌」吧。在這世界上所有東西都一點一滴地進步，或許維持現狀就是一種退步。活用過去經驗創造更好的現在……聽來簡單，其實是很困難的事。

　　順帶一提，卡拉 OK 在 1970 年代初期誕生於日本，現在則是以「KARAOKE」之名風靡整個世界。

蟲

世界上有約 100 萬種昆蟲，而且至今仍持續發現新的物種，甚至有「生物的 3 分之 2 都是昆蟲」的說法。順帶一提蜘蛛並非昆蟲。

芋虫でもつつけば動く
芋蟲戳了也會動

▶ 即使對方很遲鈍，只要多加催促也有一點效果。

「芋蟲」是指蝴蝶或蛾的幼蟲中，沒有毛的種類的俗稱。另外有些種類的毛蟲毛沒有毒。一般印象中「毛蟲＝蛾的幼蟲」，不過其實蝴蝶的幼蟲裡也有毛蟲。

蜘蛛の巣で石を吊る
蜘蛛網裡吊石頭

▶ 不可能，非常危險。

有些蜘蛛會每天將蛛網換新。另外蜘蛛往往給人全都會結網的印象，不過約有半數的蜘蛛是不結網的。

黙り虫 壁を通す
默蟲穿牆

▶ 默默耕耘的人才能完成大事。

惟有像這樣的小蟲般專心致志地做一件事，才能在不知不覺間鑿穿厚實的牆壁……真想學習這樣的精神。另外這句諺語還有「一旦疏忽大意，平時乖巧不起眼的人會闖下大禍」的意思。「黙り牛が人を突く」（默牛撞人）也是意思相同的諺語。

己の頭の蠅を追え

去趕自己頭上蒼蠅

意思

別管閒事，做好自己的本分。自顧不暇。

　蒼蠅很惹人厭，不過像是用來研究基因的果蠅或寄生於胡蜂的眼繩等，有些蒼蠅對人類做出很大的貢獻。但另一方面也有吸食大便或吸人血的蒼蠅……這麼看來果然還是該驅逐蒼蠅吧？

百足に草鞋を履かすよう

むかで　　　わらじ　　　は

請蜈蚣穿草鞋

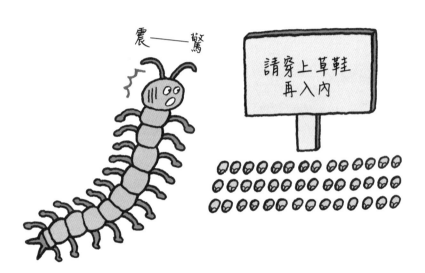

震——驚

請穿上草鞋
再入內

意思 非常麻煩，很費工夫。

　　每種蜈蚣的足數不一，少至數十隻，多至真的可稱為「百足」的數百隻腳都有。要這些蜈蚣穿鞋子可真是一大工程。

　　蜈蚣一般為夜行性，喜歡溫暖的地方。蜈蚣使用口器左右的毒爪捕獵，食用小型昆蟲、蜘蛛等等（偶爾也會咬人）。長得跟蜈蚣很像的馬陸每段體節左右都有 2 隻腳（蜈蚣為左右各 1 隻），且並非肉食性。

む

村には村姑が居る
村裡有村婆婆

意思 任何地方都有對別人嘮嘮叨叨、說三道四的人。

　　這句諺語形容「就像婆婆總是對媳婦嘮叨，村子裡也總有對別人家的事絮絮不休的人」。

　　聽到不講理的指責時，每次都與其衝突是非常累的。這時先傾聽對方的意見，若有些地方可以接受就告訴對方「我懂你的意思」；應該很少有人會繼續攻擊明事理的人吧。想跟周遭好好相處，「讓對方開心」是最好的做法。

飯の上の蠅
めし　うえ　はえ

飯上蒼蠅

意思 接二連三出現趕都趕不完。

　　昆蟲的翅膀一般有 4 片，不過蒼蠅雖是昆蟲卻只有 2 片翅膀，這是因為後方的翅膀已經退化變小。但是後翅並非無用的器官，可在蒼蠅飛行時協助平衡。

　　蒼蠅的腳前端像吸盤般可以長時間停留在牆壁上，而且腳同時也是味覺器官，因此蒼蠅時常搓腳是為了搓掉髒汙，保持味覺靈敏。

雌鳥につつかれて
時をうたう
公雞報曉決於母雞

咕、咕咕咕咕――

咯！
快一點！

啄

意思 丈夫對妻子言聽計從。

　　「時をうたう」等同於「時を告げる」，都是報時的意思。

　　現在認為公雞啼叫有宣示地盤的作用，而且研究顯示地位較高、較強壯的公雞可以優先啼叫⋯⋯與人類社會意外地相像呢。順帶一提現代家雞起源自棲息於東南亞的「原雞」。除了食用外為了欣賞美麗的外表與鳴啼聲，也培育了許多觀賞用的雞。

め

もうはまだなり
まだはもうなり
已然為未然，未然為已然

真是的～

我是不是
已經該起來了

還沒關係吧

意思 事與願違。

　　這句是股市中常用的諺語，意思是「覺得股價已經不會漲跌時，股價就會漲跌；覺得股價還能漲跌時，往往不會再漲跌了」。

　　人生不如意事十之八九，創辦日本女子大學校、大同生命保險的實業家廣岡淺子就將超越「七転び八起き」（七跌八起，形容頑強努力越挫越勇）的「九転十起」（九跌十起）當成自己的座右銘。

も

股を刺して書を読む

もも　さ　　しょ　よ

懸梁刺股

不行不行
我要好好讀書

世界最好睡的古典

一刺

意思 勤奮好學，自勵苦讀。

　　西元前的中國有位叫作蘇秦的人，他曾上書秦王十多次但意見從未被採納過，憂憤回到故鄉卻連家人都冷漠以對，窮困潦倒的他只好鼓起幹勁開始研讀兵法書。據說他當時只要讀到想睡，就會用錐子刺自己的大腿激勵自己。蘇秦最後聯合六國團結抗秦，兼任六國宰相。

麻糬

麻糬自古就深受日本人所愛。奈良時代的《豐後國風土記》中曾記載農民以箭射麻糬做成的靶，靶隨後變為白鳥飛翔而去等等各種不可思議的故事。

咻—

嚼嚼

開いた口へ牡丹餅
開口飛來牡丹餅

▶ 沒做任何努力就有意想不到的好運降臨。鴻運當頭。

也說成「棚から牡丹餅」（架子掉下牡丹餅）。實際上這種時機恰巧的好事很少發生，腳踏實地努力還是比較重要。

品川海苔は伊豆の磯餅
品川海苔是伊豆磯餅

▶ 同樣的東西在不同地方有各自的稱呼。

品川海苔在伊豆地區又稱為「磯餅」。

提灯で餅搗く
燈籠搗餅

▶ 事與願違，無法解決。

隣の餅も食ってみよ
吃看看隔壁麻糬

▶ 萬事都要嘗試看看才知道。

諺語的意思是「鄰居做的麻糬味道不吃看看就不知道。」還有「他人の飯も食ってみよ」（吃看看別人的飯）等同義詞。

法國皇帝拿破崙曾說過：「冒險帶來機會」……若想提升成功機率，「冒險（經驗）次數」似乎是不二法門。

給我吃一口

寝ていて餅食えば目に粉が入る

臥吃麻糬，粉入眼睛

▶ 不該輕鬆度日。

躺著吃麻糬，粉就會掉進眼睛裡，比喻想輕鬆過日子必定會引發問題。與其「楽」（輕鬆）度日，不如選擇「楽しく」（快樂）的生活方式

牡丹餅は棚から落ちて来ず

架子不會掉下牡丹餅

▶ 天下沒有白吃的午餐，不努力就不會有好運。

「牡丹餅」因為其像是牡丹的外形而得名。

餅の中から屋根石

麻糬迸出壓瓦石

▶ 不可能。

焼き餅焼くとて手を焼くな

烤麻糬別烤到手

▶ 吃醋要適可而止。

「焼きもちを焼く」（嫉妒）跟「手を焼く」（棘手）的雙關語。人生可能會因妒恨而搞得焦頭爛額，所以吃醋還是「烤得剛剛好」就好。

夜食過ぎての牡丹餅

晚餐後的牡丹餅

▶ 任何事物一旦錯失時機就會失去價值。

都吃完晚飯才端出牡丹餅，大概也已經吃不下了。相反地就算只是拿水給吃藥的人，只要時機對了對方也會因為這種小事而感到開心。

薬缶で茹でた蛸
水壺燒章魚

惨了惨了

伸

意思 無能為力，束手無策。

　　一般常見的食用章魚是稱為「真蛸」的品種，不過其他還有體長達到 3m 的北太平洋巨型章魚、毒如河豚的藍環章魚等各式各樣的章魚。章魚跟烏賊的差別在於觸手數目（章魚 8 隻、烏賊 10 隻）以及鰭的有無（烏賊有鰭）。不過也有例外，譬如觸手只有 8 隻的「八腕手鉤魷」或是擁有鰭的「扁面蛸」等。

　　順帶一提章魚跟烏賊都沒有骨頭，也不是魚類。

や

鑢と薬の飲み違い
銼刀當藥吃

啊——

爸爸，
那是銼刀
不是藥！

藥

意思 差異只有一點點，因而性急搞錯。

　　拿「や（八）すり」（銼刀）跟「く（九）すり」（藥）來當諧音雙關，朗朗上口念起來又順。

　　銼刀用來磨削木材或塑膠等材料使其光滑平整，據說字源是「鏃をする」（磨箭頭）或是「弥磨」（磨得漂亮）。銼刀的歷史相當久遠，早在西元前 2000 年的克里特島就有青銅製的銼刀，也曾在埃及發現西元前 700 年的鐵製銼刀。

藪医者の玄関
やぶ い しゃ　げん かん
庸醫的玄關

意思 只裝飾外在而毫無內涵，虛有其表。

　　諺語的意思是「越糟糕的醫生越在意美觀，只有玄關裝飾得美輪美奐。」即使靠玄關給人好印象，病患隨後也會知道醫生是蒙古大夫，要是引發問題就本末倒置了。從長遠的眼光來看，舉止自然、誠實表現出自己實力的人才能吸引他人。

　　另外還有「藪医者の手柄話」（庸醫談功績，形容越無能的人越愛自吹自擂）、「藪医者の病人選び」（庸醫挑病人，形容越無能的人越會挑工作）等類似的諺語。

山に蛤を求む
やま　　　　　はまぐり　　　　もと

上山求蛤

你認真的嗎?

我要撿很多回去——

意思 搞錯手段再怎麼努力都不會成功。

　　即便決定了目標，但走錯路永遠都到不了，不管怎麼努力都是徒勞無功。若是做不出成果（沒能達到目標），就要了解是「走得不夠遠（努力不足）」還是「走錯路（選錯方法）」，反省後活用在下一次機會上。

　　另有「木に縁りて魚を求む」（緣木求魚）、「水中に火を求む」（水中求火）等意思相同的諺語。

山の芋 鰻になる
やま　いも　うなぎ
山芋成鰻

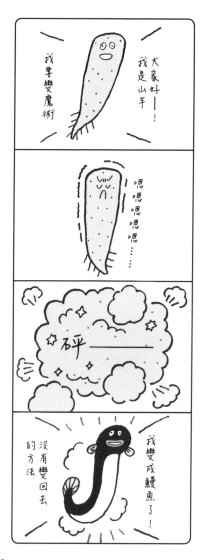

意思

偶爾會發生難以想像的變化。

鰻魚以河川或池水中的小魚、蚯蚓、蝦類為食。到了產卵期會游向海洋產卵，破卵剛出生的鰻魚待在海洋一段時間後會回到河川裡。順帶一提跟鰻魚很像的星鰻（鰻鱺目糯鰻科）一生都在海洋度過。

鰻魚不僅用鰓呼吸也能用皮膚呼吸，可以離水存活一段時間……只是要在山中生活還是挺有難度。

やらずぶったくり
不給光搶

這世上的東西都是誰的！

都、都是您的…

意思 什麼都不給只單方面的剝奪，強取豪奪。

　　若總是「不給光搶」，到最後要不是所有人都跑光，就是遭到報復。相反地若不斷「給予」他人，就算不偷不搶人群也會聚集到你身邊。俄國小說家托爾斯泰曾留下這句話：「人生只有一種毫無疑問的幸福，就是為別人活著」……「為了他人」本來就是比「向人請求」還要更幸福的事。

や

幽霊の浜風
海風吹幽靈

意思 無精打采，有氣無力。

　　「精疲力盡的幽靈被海邊的風吹著」的意思。雖然這句諺語意思並不明確，不過昭和 40 年代曾發現江戶時代的書記載了「疲病睡相實如幽靈揚於海風之中」這種形容，因此現代才引申為無精打采的樣子。

　　順帶一提風會從空氣寒冷處吹向溫暖處，這是因為暖空氣較輕而上升，冷空氣此時便流入補充。

ゆ

194

行き大名の帰り乞食
出遊如大名歸途如乞丐

走開！

我是你主子啊！

意思 花錢沒有計畫，後來才覺得困擾。

　　諺語的意思是「在旅行中一開始揮霍無度，最後回來時就沒有錢無以為繼。」

　　江戶幕府第三代將軍德川家光為了使全國大名服從，訂立了「參勤交代」制度。原則上大名每年都必須前往江戶執行政務，而來往費用則由大名自掏腰包。雖然大名的財力遭到削弱，但街道得到良好整頓，江戶文化也因此拓及到各地。

柚子の木に裸で登る
裸攀香橙樹

意思 咎由自取，自討苦吃。

　　就算別人嘲笑你「這樣做是自取滅亡」、「簡直是胡來」，但只要是你衷心喜愛的事物就該勇敢追求。微軟創辦者比爾‧蓋茲也曾這麼說過：「自己的點子若沒被別人嘲笑過至少 1 次，就稱不上是創新的想法。」為了摘下「成功」這顆果實，有時也必須全裸去爬滿是尖刺的香橙樹。

欲と二人連れ
慾望為伴

今天是跟小錢

叫我「錢子」嘛

意思 依照慾望而行動。

　　美國心理學家馬斯洛曾提倡「需求層次理論」，他將人類需求劃分成 5 個層次，分別是「生理需求（食慾等動物般的需求）」、「安全需求（尋求安全生活的需求）」、「社交需求（從屬於組織的需求）」、「尊嚴需求（被他人認可的需求）」、「自我實現需求（活得像自己的需求）」……每層需求得到滿足就會朝向下一層前進。馬斯洛在晚年還提出了第 6 層「超自我實現的需求（希望世界幸福的需求）」。

欲の熊鷹股裂くる
貪心雄鷹扯裂股

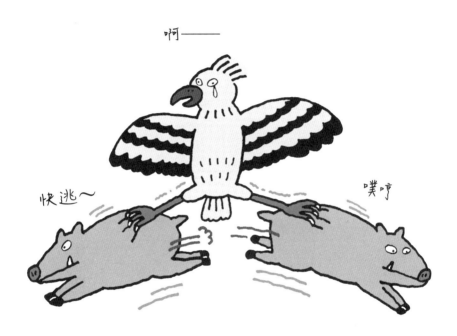

啊———

快逃～

噗哼

意思 太過貪心會自取滅亡。

　　「熊鷹」是一種日本也有的大型猛禽。諺語意思是「同時抓住 2 頭山豬不肯放開的熊鷹會因為山豬分別往左右跑，使自己雙腳被撕扯開。」

　　鷹跟鵰都是鷹科的鳥，習慣上稱呼較小的為鷹，較大的為鵰。鷹科中母鷹多半比公鷹大，熊鷹也是體型較大的為母鷹。

よ

横の物を縦にもしない
物倒了也不擺正

爸爸！
把那個木芥子
好好立起來！

嗯——沒辦法

～摳摳

意思 嫌麻煩什麼都不做。

　　嫌麻煩不做某事，其他的事情也會隨之變得麻煩起來，可以說「麻煩」還會催生新的「麻煩」。「懶得打掃發了霉」、「沒整理桌子結果找不到資料」等等，如果連這些麻煩也睜一隻眼閉一隻眼不去管它……負的連鎖就再也停不住了。「先從麻煩事開始做起」，只要一個原則就能 180 度徹底扭轉連鎖反應的方向。

世の中は九分が十分
凡事九分作十分

媽媽
我考100分！

意思 人生不一定可以順心如意，所以只要能做到 **90%** 就應該滿足了。

「九分」的意思是 90%。

日常生活裡不可能任何事都如願以償，除了「必須堅持」的理念外，在其他事情上也得學會退讓。每件事都追求 100%，可能會遭到「那全都給你做」的批評。不是「妥協」，而是相信對方做出「讓步」，只要大家的目標都相同，一定也能夠超過 100%。

よ

世は柳で暮らせ
倚柳度日

意思 學會順應時勢，無憂無慮地過日子。

　　諺語的意思是「就像柳樹被風吹拂一般，順從世界的潮流吧。」

　　對現代宇宙理論有著莫大貢獻的霍金博士在 21 歲時罹患了身體逐漸不能動的疾病（ALS）。他在當時曾認為這對自己非常不公平，但之後卻這麼說：「人必須成長到了解人生從來都不公平。」他以「輪椅上的物理學者」一稱為人所知，或許他也是在人生的洪流中找到自己生存意義的人吧。

よ

嫁が姑になる

<ruby>嫁<rt>よめ</rt></ruby>が<ruby>姑<rt>しゅうとめ</rt></ruby>になる

媳婦熬成婆

意思

歲月飛梭，立場與情境一眨眼就改變了。

也能說成「<ruby>昨日<rt>きのう</rt></ruby>は<ruby>嫁<rt>よめ</rt></ruby>、<ruby>今日<rt>きょう</rt></ruby>は<ruby>姑<rt>しゅうとめ</rt></ruby>」（昨日媳婦今日成婆）。

「前輩當時說的話讓我很火大，可是現在我懂了」……人有時會遇上像這樣自己站到前輩的立場後，想起當時前輩建議的經驗。不過那是因為自己從後輩變成前輩「立場改變」，而不是因為自己「有所成長」。換了立場就換了想法是天經地義的事，真的能夠成長的人大概在一開始就會坦率聽從前輩建議，早早就予以實踐了。

よ

来年の事を言えば
鬼が笑う
鬼笑空談明年事

> 我明年要以業績第一為目標！

> 啊哈哈哈哈！

意思 光對未來的事侃侃而談也沒有意義。

　　每個人都難以忍受不想做的工作，然而若是自己想做的事，途中不管有多少險阻挫折都能忍耐。最好先找到「大夢想」，再一個個完成實現夢想途中的「小目標」。能實現夢想的人共通點不是「才能」，而是「持續不懈」。

　　順帶一提也有用鬼形容「過去」的「昔のことを言えば鬼が笑う」（鬼笑誇談當年勇，執著於過去也沒什麼意義的意思）這句諺語。

利口の猿が手を焼く
驕猴吃苦頭

意思 過於自信的人進行困難的工作，到了中途才覺得棘手難辦。

　　跟諺語相反，有時候還真有相信自己「做得到」結果大獲成功的例子，因為在這期間能力可能有飛躍性的提升，或是狀況有所改變。畫家畢卡索曾說過：「覺得可行就做得到，覺得不可行就做不到，這是不可動搖的絕對法則」……或許妄自菲薄的人不妨再自大一點會更好。

竜の髭を撫で虎の尾を踏む

りゅう　ひげ　な
とら　お　ふ

捋龍鬚，踩虎尾

喂喂

我看看

夠了喔

意思 做非常危險的事，鋌而走險。

　　即使不到接近龍虎的程度，偶爾還是必須挑戰可能會失敗的事，但是不論失敗多少次，只要成功一次就夠了。人生大抵上皆以失敗為原動力，反過來說只待在安心、安全的舒適圈說不定才更危險，因為當一時之間失去「安心」時，就必須成功挑戰危險才能維繫日後的「安心」。

竜馬の躓き
龍馬失蹄

噗

哇!

絆倒

意思 優秀的人也免不了偶生差錯。

　　另有「弘法にも筆の誤り（弘法大師也有筆誤）」、「河童の川流れ（河童順水流）」、「猿も木から落ちる（猴子也會摔下樹）」等等意思相同，用來形容智者千慮必有一失的諺語。「竜馬」指的是跑得快的駿馬。

　　為了競賽而專門培育出來的賽馬稱為「純種馬（Thoroughbred）」。17 世紀英國人將英國與東方的馬進行配種，成為今日純種馬的起源。Thoroughbred 意思為「徹底的（thorough）品種改良 (bred)」，純種馬可以時速約 60km 奔馳。

り

礼に始まり乱に終わる
始於禮，終於亂

意思 酒宴起先都彬彬有禮，但最後一定會混亂收場。

　　喝酒會覺得開心是因為大腦新皮質（掌控理性的部分）因酒精變得遲鈍，同時由於大腦邊緣系統（掌控情緒的部分）得到解放，所以會使得情緒高漲。此外酒量好壞除了遺傳外，還跟人種、性別、體重有所關連；年輕體重又重的男性具有較高酒精分解能力，比較不容易喝醉。希望大家都能了解自己的體質，以免喝到最後以「亂」收場，造成旁人的困擾。

れ

我が好きを人に振る舞う
請客請自己喜好

請吃
這是我最喜歡的
鳳梨關東煮！

咦…鳳梨！

意思 將自己喜歡的東西強加於人。

　　若是有人推薦「這很好吃你吃吃看」、「絕對很好吃」但卻不合自己胃口，想必很難回應對方吧。若想推薦一件事物，關鍵在於話說得高不高明；用疑問句詢問「我挺喜歡的，你覺得呢？」或是乾脆不說這是自己喜歡的東西也是一種選擇。多體貼對方一點，就不會是「強迫推銷」而是「真心推薦」，對方大概也無須顧慮重重。

我面白の人困らせ
われ　おも　しろ　　　　ひと　こま
為難人乃己樂

我可以再說 30 分鐘嗎？
果然三國志最棒了。
妳不知道？
人生損失一半啦。

好想回家…

意思 即使造成別人麻煩，只要自己覺得開心就好。

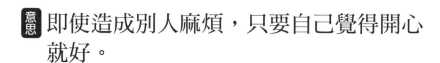

也說成「我面白の人泣かせ」（弄哭人為己樂）。
　　談到自己的想法、成績或興趣難免不小心越講越長，不過對方可能會退避三舍……聊天途中越是覺得暢快，越應該不經意地看看對方的表情，確認對方是否也跟自己一樣開心。
　　是「陪笑」還是「真笑」，看一眼應該就知道了。

わ

209

3、4、5

在最後的專欄中，我們要介紹由「3 個字、4 個字、5 個字」的詞組起來的諺語。念起來朗朗上口，不自覺就想出聲念念看呢。

開_あけて悔_{くや}しき玉手箱_{たまてばこ}
開了後悔玉手箱

▶ 期待落空，覺得失望。

　　諺語的由來是浦島太郎「將乙姬贈送的玉手箱帶回家，打開盒子後白煙升起，轉眼間浦島太郎變成老翁」的傳說。

沒打開就好了

木仏金仏石仏_{きぶつ かなぶつ いしぼとけ}
木佛金佛石佛

▶ 不懂人情世故、不解風情的俗人。

器用貧乏人宝_{きよう びんぼう ひとだから}
博而不精是人寶

▶ 什麼都能妥善做到的人雖然對他人來說是貴重的存在，但無法精通某一件事，只能過著貧困的生活。

　　「人寶」的意思是受到他人的器重。

上戸_{じょうご}めでたや丸裸_{まるはだか}
酒酣耳熱，飲至全裸

▶ 愛喝酒的人喝醉後心情愉悅，花光所有財產。

　　「上戸_{じょうご}」意思是愛喝酒的人。要是有人能在脫光衣服前阻止這幫酒鬼就好了……

我沒——錢

とかく浮世は色と酒

浮生色與酒

▶ 這世上的樂趣總歸還是情愛與酒。

とかく近所に事なかれ

街坊四鄰無惡事

▶ 希望住家附近不會發生影響自己的問題，可以安穩地過生活。

始めきらめき奈良刀

光輝惟始奈良刀

▶ 一開始看起來光輝閃爍、好用耐用，但很快就壞掉的東西。

「奈良刀」是室町時代之後在奈良周邊所鍛造的刀。新刀乍看之下光亮生輝，但很快就生鏽無法使用，成為劣質刀的代名詞。

貧の盗みに恋の歌

飢貧為盜，戀慕則歌

▶ 走投無路時人什麼事都做得出來，狗急跳牆。

謔語的意思是「人飢寒交迫時會開始偷盜，墜入情網時則會開始吟詠歌唱。」還請各位小心不要太沉迷某事，到最後變得是非不分了。

我戀上你的眼眸！

索引

あ

212

216

た

220

な

226

ま

228

ら

わ

企劃・編輯・撰文：森山晉平（もりやましんぺい）

　　1981 年生，歷經食品公司業務、廣告公司文案，後成為出版社編輯。曾企劃『何度も読みたい広告コピー』等廣告文案書，以及『名作アニメの風景 50』、『夜空と星の物語』等風景攝影集。2015 年獨立後亦參與『世界でいちばん素敵な夜空の教室』（三才 Books）、『超分類！キャッチコピーの表現辞典』（誠文堂新光社）、『毎日読みたい365 日の広告コピー』（Writes 社）等書籍的出版。

插圖：角裕美（かどひろみ）

　　廣島出身的插畫家，在群山與瀨戶內海的環繞下茁壯成長。武藏野美術大學視覺傳達設計系畢業。曾為平面設計師，現在則是插畫家。筆下畫作色彩繽紛，畫出燦爛明亮的角色與世界。不僅於個展、聯展等展覽中發表插畫作品，也經手廣告、雜誌、網站、電視、空間藝術等各領域的插圖繪製。

〈主要參考文獻〉

『成語林　故事ことわざ慣用句』監：尾上兼英（旺文社）

『用例でわかることわざ辞典　改訂第 2 版』編：學研辭典編輯部（學研教育出版）

『岩波　ことわざ辞典』著：時田昌瑞（岩波書店）

『暮らしの中のことわざ辞典　第 3 版』編：折井英治（集英社）

『成語大辞苑　故事ことわざ名言名句』（主婦與生活社）

EZ Japan 樂學 21

百日講經屁一個!超有事日本諺語357
本当にある! 変なことわざ図鑑

作　　　者：森山晉平
繪　　　者：角裕美
譯　　　者：林農凱
主　　　編：尹筱嵐
編　　　輯：林高伃
校　　　對：林高伃
封面設計：林優如
內頁排版：簡單瑛設

發 行 人：洪祺祥
副總經理：洪偉傑
副總編輯：曹仲堯
法律顧問：建大法律事務所
財務顧問：高威會計師事務所

出　　　版：日月文化出版股份有限公司
製　　　作：EZ叢書館
地　　　址：臺北市信義路三段151號8樓
電　　　話：(02) 2708-5509
傳　　　真：(02) 2708-6157
客服信箱：service@heliopolis.com.tw
網　　　址：www.heliopolis.com.tw
郵撥帳號：19716071日月文化出版股份有限公司

總 經 銷：聯合發行股份有限公司
電　　　話：(02) 2917-8022
傳　　　真：(02) 2915-7212

印　　　刷：中原造像股份有限公司
初　　　版：2020年04月
定　　　價：320元
I S B N：978-986-248-868-3

百日講經屁一個!：超有事日本諺語357 / 森山晉平文；
　角裕美繪；林農凱譯. -- 初版. -- 臺北市：日月文化,
　2020.04
　面；公分. -- (EZ Japan樂學；21)
　譯自：本当にある!変なことわざ図鑑
　ISBN 978-986-248-868-3 (平裝)

1.日語　2.讀本 3.諺語

803.18　　　　　　　　　　　　　　　　　109001833